안녕하세요 대만 독자 여러분. 제가 쓴 책이 저보다 먼저 바다를 건너서 여러분을 만나게 되어서 참으로 기쁩니다. 부디 책과 미스터리를 사랑하는 저의 마음이 충분히 전달되기를 바랍니다.

정명섭

台灣的讀者大家好，我所寫的書竟然比我先跨海與大家見面，我真的感到非常開心。希望這本書能夠將我對書籍與懸疑故事的喜愛，完整傳達給大家。

鄭明燮

기 억 서 점
記憶書店

살 인 자 를 기 다 리 는 공 간

鄭明燮 정명섭——著
陳品芳——譯

一個預約復仇的空間

目次

CONTENTS

記憶的開始 005
十五年前 043
記憶書店 075
過去 121
反擊 149
調查 171
嫌疑犯們 205
遊樂園 265
結束與開始 287
作者的話 297

記憶的開始

他自稱獵人。為了狩獵，必須冷靜且理性，才能提高成功的可能性。他望著映照在擋風玻璃上的街燈，回想前兩次狩獵之所以失敗，就是因為不夠理性。街燈的光線太微弱，無法完全照亮大雨滂沱的街道，這樣昏暗的環境令他十分安心。他感覺有人靠近，便看了看後照鏡，能隱約看見手電筒的光芒出現在這條平緩上坡路的盡頭。

稍後，三名女子嘰嘰喳喳地經過他的車旁。一左一右的兩名女子身穿寫有「女性安心返家服務」的藍色背心，其中一人持手電筒。中間那名女子穿著白色罩衫並戴著帽子，她就是獵人今晚的目標。待手電筒的光亮一遠離，他便開門下車。獵人戴上手套壓低帽沿，往另一條路走去。這條山坡上的小路位在人跡罕至的公園後方，一邊是峭壁，另一邊則是高築的護坡。路邊沒有監視器，也沒停放任何裝著行車紀錄器的汽車，不過以防萬一，獵人還是拉了拉帽子，避免帽子意外掉落導致長相曝光。尾隨三人走過低矮的山坡，便能看見公園的後門與一排公寓。離開地鐵站後若選擇走熱鬧的大街，必須花一點時間才能來到這裡。穿過公園雖能節省時間，只是公園被不良少年當成祕密基地，實在不適合深夜返家的單身女性。於是，下了公車站再從這條上坡路返家，就成了最受此地住戶歡迎的選擇。不過也由於整條路又黑又窄，沿路沒有什麼路燈，所以有不少女性選擇使用安心返家服務，但這卻使她們成了獵人鎖定的目標。因為會選擇安心返家服務，就代表這名女性獨居，家中沒有人等門。

獵人爬上山坡，遠遠看見手電筒的燈光後，便拐進一旁的巷子。以前為了捕捉獵物，他會多次到目標住家附近勘查地形，現在則能透過入口網站提供的地圖街景服務，直接在家確認當地狀況。他走進一整排外型相似的多戶住宅[1]當中，直接穿越小巷走到另一頭。本在廚餘桶附近徘徊的流浪貓，聽見他的腳步聲便立刻躲進黑暗之中。獵人站在轉角處等了一會兒，便看見手電筒的燈光與三名女性的剪影進入視線範圍。親眼確認目標後，他歪著頭低聲說：

「獵人，狩獵的時間到了。」

◆　◆　◆

1 是一種四層樓以下的獨棟建築，每層樓均為獨立的一戶，可獨立買賣、登記，通常與其他樓層的住戶共用樓梯與大門。

「來，請閉上眼睛。」

柳名優教授聽從彩妝造型師的話將眼睛閉上，感覺彩妝師拿了類似鉛筆的東西在他的眉毛上比劃。他前額的頭髮被夾子夾起，外露的額頭被擦上某種粉末。柳名優平時的整理儀容項目就只有刮鬍子，連擦乳液都十分抗拒。他實在不太喜歡有人在自己的臉上擦脂抹粉。不過為了讓鏡頭上的自己更加體面，不得不忍受這番不適。就在思緒飄到九霄雲外之際，終於聽見彩妝師告知上妝完成。柳名優睜開眼，鏡中映照的是自己上了濃妝的臉。經過彩妝師巧手修飾，上妝後的他臉型顯得更為修長，皮膚也淨白許多。微揚嘴角邊的疤痕遮掉了，本就濃厚的眉毛還刻意加重，凸顯強悍堅毅的形象。過於突出的顴骨則稍做修飾，避免攝影棚強烈的燈光打在臉上造成陰影。柳名優教授深吸口氣，對正在為他梳頭的彩妝師露出笑容。

「您把醜男變成美男了呢。」

「您在說什麼啊？您本來就是美男啊。」

彩妝師笑著回答，柳教授笑了笑，沒有答腔。一旁彩妝師的同事加入對話。

「教授，您看起來真的很年輕，外表就像三十幾歲，誰會想到您已經五十多歲了呢？」

「可能是因為我的心還很年輕吧。」

就在眾人談笑之時，頂著一頭鬈髮的導播輕輕推開休息室的門探頭入內。

「開播前三十分鐘，請教授完成妝髮後過來準備。」

導播話一說完，彩妝師的手動得更快了。待他為頭髮噴上定型噴霧後，柳名優將深藍色的領帶調整好，輪椅向後一推離開梳妝台。節目嘉賓用的休息室並不大，再加上後面擺了張休息用的沙發，沒有太多空間給輪椅移動。即便如此，柳名優仍熟練地操控輪椅轉向，坐在沙發上的女性來賓驚訝地看著這一連串流暢的動作，柳教授莞爾一笑。

「別看我這樣，我可是個優良駕駛。」

導播幫忙拉開了門，柳名優推著輪椅離開休息室，沿著走廊朝攝影棚前進。他乘坐的是特別訂製的輕巧輪椅，行進速度快到導播都必須特別加快腳步才能跟上。他們一起進入十七號攝影棚，門上貼著今天將要錄製的節目，是檔名叫〈和電視節目一起讀書〉的知識型節目。宛如銀行金庫般厚重的門後方，是一條隧道般的狹長通道。多顆燈泡故障的通道顯得有些昏暗，狹長且幽暗的空間勾起柳名優過往的回憶，他瞬間停在原地，尾隨在後的導播沒能來得及停下，便不小心踢到了輪椅的輪子。導播趕忙道歉，柳名優才回過神來，反過來向滿臉歉意的導播賠不是。他隨即推著輪椅進入陰暗的通道，雖然這段路並不長，但他始終緊咬著牙根。

攝影棚是個光線十分集中的空間。棚內燈光全打在主要布景上，讓鏡頭捕捉到的畫面沒有絲毫陰影。攝影機與工作人員所在的空間，則因為沒有照明而顯得相當昏暗。棚內工作人員正忙著做錄影前的準備，由於這天的節目是現場直播，棚內氣氛似乎更加緊張。有別於精神緊繃的工作人員，柳教授顯得一派輕鬆，他推著輪椅從角落一個臨時設置的斜坡進入布景。一路上所有電線都用膠帶固定或以塑膠袋蓋住，避免他的輪子勾扯到這些線路。布景中央半圓形的桌子邊，放了整排貼有節目來賓姓名的椅子。坐輪椅的他根本不需要另外的椅子，於是他很快找到屬於自己的位置。就定位後，他隨即以眼神向先到場的兩位主持人致意。主持人是一男一女，兩人過去都是新聞主播。見導播拿著收音麥克風過來要替他別上，柳教授隨即開口：

「可以拿個坐墊給我嗎？輪椅好像有點太矮了。」

導播將麥克風放在桌上，往攝影機方向走去。柳教授則主動拿起麥克風別在自己襯衫領口，並將麥克風的線整理好藏在衣服下方，最後再將接收器放入褲子後方的口袋。就在他別好麥克風時，導播也正好拿了個坐墊回來。鋪上坐墊，柳教授坐下的高度才總算跟其他來賓相仿。導播走到架設在攝影機之間的大監看螢幕旁，透過頭戴式耳機聆聽節目製作人從監控室發出的指示。他依照製作人指示，將來賓的位置稍稍往左右兩邊調整。柳教授趁著這段時間翻看放在桌上的節目腳本。雖然前方的監看螢幕也會顯示節目內容，但柳教授還是比較喜歡紙本。兩位主持人也邊聊天邊翻看腳本，其他來賓要不是一副非常緊張的樣子，就是放空環顧四周。這時一位工作人員過來請來賓出聲測試麥克風，確認每支麥克風收音沒問題後，他便以手勢示意測試完畢。在攝影機最終調整完畢後，導播一臉緊張地舉起手。

「節目要開始了。」

男女主持人調整坐姿，面朝正前方的攝影機。導播大喊：

「開始！」

語音剛落，兩位主持人便同時朝著鏡頭鞠躬，接著依序向觀眾打招呼。一連串的開場結束，女主持人便轉過頭看向柳教授。

「現在為各位介紹今天的來賓。今天我們邀請到市民大學教授兼文學博士，同時也是著名古書收藏家柳名優教授。最近他經常透過電視和自己的 YouTube 頻道，分享許多有趣的書籍小故事。」

被點到名的柳名優向鏡頭鞠了個躬，並跟觀眾問好。

「各位觀眾朋友大家好，我是柳名優。」

在兩位主持人介紹其他來賓時，柳名優暗自在心中整理今天準備講述的內容。桌上已有企畫事先寫好的節目腳本，若是平時，他並不會刻意把要說的話先背好，而是會在節目錄製期間找機會看兩眼，再自然講出準備好的內容。節目企畫和導播總是嘖嘖稱奇，說從沒見過像柳名優這樣輕鬆自然的來賓。今天他選擇刻意不看腳本，而是反覆背誦要講的內容，但並不是出於緊張，只是有些擔心，不知籌備多年的那件事能否在今日順利展開。他心中五味雜陳，憶起一直努力想遺忘的一張臉孔與一個名字。

「宥利。」

目標的行動完全如獵人所預期。

◆ ◆ ◆

走到巷子中段時，目標便與穿著女性安心返家背心的兩名志工道別。可能是因為已經快到家了，她不再擔心會遭遇危險，一方面也不太好意思繼續麻煩兩名志工，再加上不想讓陌生人知道確切的住址，所以才提前跟兩人分開。不過就算兩名志工跟目標一起走到家門口，獵人也已經想好該如何同時處理三人。如今目標主動提供了讓他能專注狩獵的環境，獵人難掩喜悅，接下來他只需要盡情狩獵。他事先確認過，這條巷子裡沒有監視器，停車場也都設在半地下室，因此即便車子裝有行車紀錄器，他也不可能被拍到。只是為了以防萬一，他還是決定戴上口罩，接著信心十足地邁開步伐朝目標走去。女子穿過多戶住宅的共用大門，朝著自己住的那一戶走去。獵人遠遠看見目標正朝家門口移動，隨即從口袋裡掏出手機按下通話鍵。只見女子停下正打算輸入大門密碼的手，開始翻找手提包。

稍後，獵人聽見話筒那頭傳來女子的聲音。

「哪位？」

「這是李睿芝的手機嗎？」獵人低聲道。

「對，請問是哪位？」

「我是警察，請問妳現在在家嗎？」

「不，我現在正要進門。」

「請不要開門，待在門口不要進去。」

「為什麼？」

「我們接獲報案，說有人闖入李小姐家中。」

李睿芝倒抽一口氣，聲音中滿是驚慌。

「真的嗎？」

「對，妳住太城公寓一二七號對吧？」

「對，闖進我家的人是誰？」

「我們才剛接獲報案，怕開車子的警笛會驚動犯人，所以正步行過去。」

「你、你們在哪裡？」

「在巷子裡了，請妳稍等。」

怕通話時間太長露出破綻，獵人說完話立即掛斷電話，接著便朝女子所在的太城公寓方向前進。幸好目標很聽話，並沒有進到室內，而是站在門前等候。獵人推測獨居的單身女子聽說有人闖入屋內，絕對不敢貿然進屋，才決定選擇以此為藉口讓女子留在室外，顯然這番推測十分精準。女子轉過身，往腳步聲傳來的方向看去。在她眼中，正朝她走過去的獵人像是個穿著制服的警察。這是獵人事前準備好的偽裝，由於怕從網路購買會留下線索，他還特地到位於東廟的二手市集購買。戴著白色棒球帽的獵物一見他靠近，緊繃的神情立刻放鬆下來。

「妳是李睿芝小姐嗎？」

女子點點頭。獵人走到不會被門口監視器拍到的死角，女子也跟著他移動。

「你來得真快。」

「我正在附近巡邏，所以很快就到了。」

「謝謝，不過你一個人過來嗎？」

「我同事把車停在巷口待命，請妳先跟我走吧。」

獵人伸出左手往巷口指去，就在女子順著他手指方向看過去時，獵人用右手掏出放在後面口袋的電擊棒。

「好。」

女子簡短回答，準備離開之前她不經意看了獵人一眼，注意到獵人隱藏在帽子之下，如刀刃般銳利的眼神。她下意識感覺到危險並向後退了一步，但獵人早已做好萬全的準備。他舉起握在手上的電擊棒，電流碰撞的滋滋聲響起，女子還來不及出聲求救便昏了過去。

節目現場，來賓熱烈交談著。每當攝影機照到自己，柳名優便會對鏡頭露出淺淺的微笑。靜靜聆聽許久，發言順序終於輪回到柳名優。男主持人轉頭看著他。

「教授，您今天要介紹什麼樣的古書呢？」

柳名優面帶笑容看向前方的監看螢幕，這時畫面已經換成他事前提供的資料。

「就是現在各位看到的這本書。」

「一看就覺得這本書歷史悠久呢。這是怎樣的一本書呢？」

鏡頭繼續特寫那本古書，能看見泛黃的封面一角，有一行直書的漢字。

「這是我所有收藏中最珍貴的一本書。」

聽柳名優如此介紹，女主持人問道：

「柳教授是國內古書收藏大家，這本書竟被您視為最珍貴的收藏，真讓人好奇是怎樣的一本書呢。」

「上面的漢字很模糊，各位可能看不太清楚，上頭寫的是『諺簡牘』，下面則是『辛酉年』。」

「我以為是『諺簡錄』，原來是『諺簡牘』啊。『辛酉年』又是哪一年呢？」

「是一九二一年。至於謄書兩個字，則是抄寫自原本的意思。」

「原來這是一本抄寫而成的書。」

「沒錯。」

柳名優簡短回答，鏡頭正對著他手上的那本《諺簡牘》。

「《諺簡牘》記錄的是朝鮮後期的諺文[2]書信寫作方式。在朝鮮後期，諺文通常是士大夫家的女性或一般百姓所使用的文字，這可以說是一本以他們為對象的書。我們目前能確定十九世紀後期已經有這樣一本書，不過據推測，在此之前已

2 即現今的韓文。

經存在許多不同版本的書信寫作教本。」

柳名優教授話一說完，男主持人便接著提問：

「用現在的話來說，這可以說是一本寫作教材囉？這本古書的價值大約是多少呢？」

「價值取決於書的時代和版本，不過再貴也不會超過一百萬韓元。」

聽完價格後，主持人跟來賓們都忍不住笑了。柳教授翻開《諺簡牘》第一頁，並問女主持人說：

「您有看見這裡的漢字吧？您知道這是什麼嗎？」

雖然腳本上有正確答案，但女主持人仍刻意裝作不知情。

「是什麼呢？」

「是九九乘法表。這裡的漢字寫著二與二，有看見下面寫著四嗎？」

「哇！真的耶。居然是漢字寫成的九九乘法表，好神奇。」

「一般來說，抄寫本上出現原始版本中沒有的內容，會讓古書更沒價值。所以這本書大約只值五十萬韓元吧。」

男主持人跟來賓笑得更大聲了。只是這次聽起來更像是在訕笑，彷彿是在譏諷柳名優沒介紹珍貴古書，竟帶了本廉價品來。面對嘲笑，柳名優不為所動。

「我會買下這本書，其實是因為書背後的故事。這本書原本的主人，是一位名叫趙間南的老奶奶，她一輩子都沒有離開自己的故鄉，忠清北道的沃川。趙奶奶出生在一戶貧窮人家，無法像一般人一樣白天上學，她只能跟男同學一起上夜校。女兒混在一群陌生男人當中讀書，令趙奶奶的父親十分生氣，於是便連夜校也不讓她去了。」

「居然有這種事？孩子主動想讀書是很難得的事，竟然被父親阻止！」

女主持人面露遺憾。柳教授接著說：

「當時的社會就是這樣。所以趙奶奶只能獨自在學校外頭，偷聽裡面老師上課的內容。」

這次連來賓們都一起發出遺憾的嘆息。

「夜校老師覺得趙奶奶不能讀書實在可惜，才送了她這本《諺簡牘》。於是趙奶奶便每天晚上都站在夜校門外，聽著裡頭老師上課的聲音，一頁一頁地讀著這本書。」

柳教授稍作停歇，慢慢地翻閱《諺簡牘》。

「看上面這裡，顏色有點不一樣吧？應該是大拇指沾口水翻頁造成的。從紙張都變了色就能看得出來，她翻閱過這本書很多次。想像一下，無論是讓人直打哆嗦口吐白煙的寒冷冬天，還是汗流浹背酷暑難耐的炎熱夏天，她都沒有放棄讀書。她如此認真向學，學習之路卻這般艱辛，只因為那是個不推崇女性學習的年代。」

現場所有人聽完故事，陷入一片沉默。柳教授放下《諺簡牘》，靜靜凝視著鏡頭。沉默了好一會兒，他才按捺激動的情緒開口說道：

「我完全無法想像只因為是女性便無法學習的時代。趙間南老奶奶之所以無法盡情學習，就只是因為她生在那樣的時代。但她並沒有放棄，反而更認真讀書。也因此我認為，這是我收藏的書當中最有價值的一本。這本書證明了過去那個黯淡無光的時代，曾經有個人拚命學習，不向命運低頭的執念。」

「啊！真是令人遺憾的故事。」

女主持人感嘆，來賓們也紛紛表示惋惜。男主持人靜靜等到所有人都抒發完感想，現場恢復平靜後才開口說道：

「也就是說，比起古書本身在金錢上的價值，教授您更重視書背後的故事。」

「因為書背後的故事更觸動人心啊。我接下來要介紹的書，也有這樣的故事。」

「真期待是怎樣的書。」

男主持人說話時，柳教授轉頭看向導播。導播一做手勢，一台攝影機便轉向早就擺放好兩張桌子的攝影棚角落。桌上放的是一套柳名優帶來的書，兩位主持人與來賓透過鏡頭特寫看到這一套書，忍不住發出驚嘆聲。女主持人對著柳教授說：

「這書的封面，讓人聯想到馬賽克拼貼。」

「沒錯，這是一九二五年廣文堂發行的韓文版《洪娘子傳》，總共有十二集。把第一集到第四集、第五集到第八集、第九集到第十二集分別依序拼起來，就可以拼出紅娘子的臉。」

「居然想到要用這種方式製作封面，前人還真是了不起呢。」

「應該是想盡辦法要吸引人們購買續集，所以才會選擇這個做法。畢竟哪怕故事非常無聊，肯定也會有人為了完成封面的拼圖而繼續買下去，例如我。」

柳教授冷不防自嘲的幽默，逗得所有人笑了出來，鏡頭在桌上的《洪娘子傳》與笑呵呵的來賓之間來回切換。柳教授等到笑聲完全停下後才接著說：

「一九二〇年代，三一萬歲運動[3]遭到日本武力鎮壓，整個運動在造成莫大的傷亡之後以失敗告終，實在令人惋惜。後來許多有意繼續從事獨立運動的人，便轉而前往滿州或上海活動，留在國內的人則必須隱姓埋名。在三一運動後，日本打著文化統治的美名，稍稍放鬆一些管制，實際上卻是以更巧妙的方式箝制韓國文化。在那個社會氛圍幾乎要令人窒息的年代，《洪娘子傳》可說是撫慰庶民艱苦生活的一套書。」

「究竟是怎樣的內容？為什麼能帶給大家安慰呢？」

男主持人問。柳教授看著鏡頭。

「這本書的內容是在描述善良堅毅的洪娘子，在丙子胡亂[4]期間尋找失散父母的故事。洪娘子在忠義的僕人壽石與身分不明的劍客黑首幫助之下，尋找被抓到清國的父母，可以說是一個冒險故事。幫助洪娘子的神祕劍客黑首，其實早在年幼時便與洪娘子訂下婚約。只是黑首的家族因仁祖反正[5]導致家道中落，兩家也漸漸疏遠。後來黑首隱藏真實身分，前來幫助自己的未婚妻洪娘子。」

「黑首很帥嗎？」

一旁一名一直有些心不在焉，頭戴紅色鴨舌帽的男性來賓突然插話。這無厘頭的問句，讓棚內所有人笑成一片。柳名優耐心地等到笑聲停歇後才點點頭。

「小說裡確實有描述黑首的樣貌。說他面如白玉，且有著一雙濃眉，當時朝鮮全國上下幾乎找不到像他這樣俊俏的男子。當洪娘子前往清國意外被逮，差點遭到處刑時，黑首也曾使出美男計救她脫困。」

「美男計？」

男主持人興致勃勃地加入對話，柳教授立即回答：

「努爾哈赤的孫女非常喜歡長相俊俏的黑首，他便利用這點，救出了洪娘子一家人並逃回朝鮮。後來這名清國公主派出武士札克禮追殺他們，黑首在與札克禮的決鬥中身受重傷，千鈞一髮之際，他以洪娘子贈送的髮簪當成飛鏢攻擊札克

3　又名三一運動，是在一九一九年三月一日發起反抗日本占領的朝鮮獨立運動。

4　西元一六三六年清太宗率領十萬清軍攻打朝鮮造成的戰亂，又稱丙子戰爭。

5　西元一六二三年由西人黨發起的武裝政變，政變勢力廢黜當時執政的光海君，擁立綾陽君為王，是為朝鮮仁祖。

禮，最終成功脫困。」

「好像小說喔！唉唷！這就是小說。」

戴著鴨舌帽的男來賓又插話，傻呼呼的發言再度令棚內哄堂大笑。柳教授沒有多做回應，只是接著說下去：

「小說中的壽石跟黑首，可以看成是日本殖民時期的獨立運動家，而洪娘子被抓到清國去的父母，則象徵被強占的祖國。」

「原來還可以這樣解釋。」

「可能是為了躲避審查，不希望被抓到任何把柄，所以才會刻意將時代背景設定成這樣吧。不過當時的日本政府依然發現了箇中含意，便下達命令銷毀《洪娘子傳》，當時有為數不少的《洪娘子傳》遭到扣押。」

「那這一套書是怎麼保存下來的？」

「洪川有一位因參與三一運動入獄的長輩，拚死命保存了這套書。坐牢期間他被嚴刑拷打，傷到了身體，出獄後幾乎只能躺在床上。他不時會讀這套書來撫慰自己的無聊與憤怒，我想《洪娘子傳》的結局應該總是能令他開心。」

「是怎樣的結局呢？」

柳教授微笑答道：

「故事的結局是洪娘子成功救出父母返回朝鮮，當時的君王聽了洪娘子的故事後，便下令將長工吳氏父子處死。當年就是這對父子背叛了洪氏家族，並將洪娘子的父母賣到清國。」

「真是讓人痛快的結局。」

「也許作者是一邊寫著結局，一邊想像日本人終於被趕走，亡命到國外的獨立運動家終於能夠回國的情景。我認為背後蘊含這類意義的書，實在無法用金錢來衡量價值。」

「說的沒錯。我本想說教授收藏許多昂貴的珍稀古書，應該會介紹要價好幾億韓元的書才對。沒想到教授選擇的這些書，雖然金錢價值並不高，但在其他層面上可說是無價。柳教授說的這兩個故事，讓現場來賓聽得津津有味呢。朴作家，您有什麼感想？」

鏡頭一轉，原本一旁看似心不在焉正發呆的朴作家，立刻像開關被打開一樣挺直身子。鏡頭一轉開，柳名優便鬆了口氣。

節目即將來到尾聲，他也預備丟下一顆震撼彈。

獵人將被電擊失去意識的女子拖到卡車上。

他之前實地勘察過幾次，知道午夜時分這一區少有行人，此時當然也沒有人經過。他用束帶綁起女子的手腳，接著再綑上一圈封箱膠帶固定，最後撕一塊膠帶貼住女子的嘴。他想起之前某個獵物因膠帶貼到鼻子窒息而死，因此特別留意別貼到鼻子。接著他拿走獵物的手機回到駕駛座，脫下警察制服，換回普通的背心，關上女子手機的電源，用鎚子將手機敲碎後開車駛離現場。路過一座橋時他刻意停車，先是將敲碎了的手機丟入河中，接著再拿出自己用來聯繫女子的一次性手機，關機後同樣投入河中。

◆　◆　◆

輕輕鬆鬆狩獵成功，讓他忍不住愉快地哼起歌來。雖然狩獵十分順利，但他仍小心翼翼地在沒監視器的陰暗巷道中繞了一會兒，才載著獵物驅車回家。他倒車入庫，停好車後熄火下車，邊哼著歌邊往後車箱走去。打開後車箱時，獵物仍昏迷不醒。他將癱軟無力的女子扛在肩上，走下樓梯進入半地下室內。這個半地下室過去當成煤炭倉庫使用，獵人耗費了一番心血讓這個空間脫胎換骨。他特意用磚頭擋住窗戶，避免有人從外偷窺，並將門鎖換到外頭，以便離開半地下室後能從外上鎖。他特別在隔音上下了功夫，這樣外面就不會聽見獵物的尖叫聲。曾經的煤炭倉庫，搖身一變成了獵人存放獵物的倉庫。只見屋內正中央擺了一張固定好的椅子，獵人將癱軟的獵物放在椅子上，再用與椅子連接的鐐銬銬住獵物。接著他抬起獵物的頭，撕下貼在嘴上的膠帶，這時女子才恢復意識並發出細微的呻吟。獵人轉身緩步走到門邊，按下門旁的開關。其中一個開關能開啟屋內紅色的燈光，另一個開關則控制椅子正上方的灑水裝置。冰冷的水一灑下，女子立刻清醒並開始尖叫。

隨後，獵人從另一扇門離開倉庫，並緩慢地將門關上。這扇門後是他的居住空間，屋內沒有太多生活用品，顯示他對日常生活並不感興趣。他只有幾套換穿的衣服，穿舊了才丟掉買新的。屋內一角擺放了一張床墊，那是他睡覺的空間。他躺在床墊上稍事喘息，這次成功的狩獵令他興奮不已。

「完美！太完美了！」

他握緊拳頭激動地朝空中揮舞，接著像是突然想起什麼，猛地從床上坐起身來。本想享受一下成功狩獵的喜悅，洗個澡之後再繼續處理獵物，不過他想到自己得先做一件重要的事。他打開放在角落桌上的電視，緊盯著出現在螢幕上，那張他再熟悉不過的面孔。他目不轉睛地盯著電視。在獵人心中，螢幕上的這個人為了出名不擇手段，即便在電視上被當成傻瓜、在談話性節目上遭人貶低，他仍能處之泰然地微笑應對。觀察他是獵人的一大樂趣。這人雖然很受部分群眾歡迎，但討厭他的人也不少，因為他雖是一位大學教授，可是比起教學工作，他似乎更熱衷於上電視。有人批評他之所以能獲得教授頭銜，是因為人們同情發生在他們一家人身上的慘劇，並不是因為他真有當教授的實力。有人猜測他一直上電視，只是為了讓校方忌憚他的知名度，不敢將他辭退。對獵人來說，看見當年從自己手下死裡逃生的柳名優，如今過著跳梁小丑般的生活，讓他格外心滿意足。

來賓朴作家口沫橫飛地發表完感想，女主持人隨即帶著微笑感謝他，並轉頭看向柳名優。

「柳教授在節目開播前便告訴我們，今天將會宣布一個震撼的消息，請問是什麼消息呢？」

鏡頭一轉，看見畫面上出現自己的大臉，柳教授微微一笑。

「我打算要離開塵世了。」

「是要出家的意思嗎？不過我記得您是基督徒，一直有在上教會。」

男主持人立刻接話，柳教授則輕笑著說早在十五年前他便不再信上帝，只是沒有特別公開。

「昨天我向學校提出辭呈。幾個固定演出的電視與廣播節目，也預計錄製到這個月底，今天應該是我最後一次來錄這個節目了。」

除了事前知情的製作人與節目企畫之外，在場所有人都驚訝不已。女主持人問道：

「原來您說離開塵世是這個意思啊，真沒想到您會甚至連教授的工作都辭掉了。其實有您出席的節目向來都很受歡迎，有什麼特別的原因讓您決定退出呢？」

「我一直覺得，現在自己所擁有的一切都不屬於我。當然，我很感謝所有喜歡我、給我機會的人，讓我能夠一路走到今天。但現在所享有的一切，與我的價值觀有所衝突，這讓我感到矛盾且痛苦。我煩惱了很久，終於決心要放下塵世的一切。」

鏡頭特寫女主持人，她的表情滿是惋惜。男主持人隨即接話：

「以您的年紀來說，退休是不是有些太早了呢？」

「其實這樣的生活讓我感到很疲憊。我這麼說大家或許不太相信，我其實是個很怕生的人，上節目對我來說是種壓力。」

幾名來賓笑了出來，不過鏡頭並未特寫他們。柳名優笑了笑，看向男女主持人。

「雖然這段時間透過上節目、擔任教職，讓我接觸到許多有趣新奇的事，不過我一直在想，差不多該去做自己想做的事了。教育界有許多比我更優秀的晚輩，放下教授這個身分交棒給他們，我沒有遺憾。」

「那未來您打算做什麼呢？」

柳名優一直在等主持人提出這個問題。他堅定地看著鏡頭，彷彿是要對某個正在收看節目的不知名人士喊話。

「我要開一間書店。」

「書店？很適合您呢。」

「但不是一般的書店，我打算在店內販售我蒐集的古書。」

「真的嗎？不過您不是把古書看得比命更重要嗎？」

「但我畢竟無法把這些書全帶到另個世界去，書這麼重，我也提不動。」

柳名優一席玩笑話，逗得所有人都笑了。男主持人問道：

「原來您是想在離開人世之前，把握時間放下所有心上的重擔啊。未來無法再聽見教授幽默的談吐及有趣的古書故事，真是令人遺憾。」

「其實只要來我的書店，我仍然很願意為大家講故事。為了開這間書店，我做了很多準備。期間跟幾位經營小書店的朋友聊過，他們都告訴我，一個客人會不會買書，從進門那一刻就看得出來。」

「真的嗎？那遇到不打算買書的客人該怎麼辦呢？」

「他們說如果發現進門的客人不會買書，那要立刻把門鎖上，直到客人消費才能放行。」

柳名優的幽默讓棚內所有人再度笑成一片。他從容地等待笑聲停歇，才換上略帶憂傷的神情說道：

「很久以前我跟女兒約好，回國之後要開間書店。」

「我記得您說過，令嬡很喜歡書。」

女主持人說話的嗓音中帶著悲傷，柳名優大大嘆了口氣。

「雖然她已經不在了，但我若沒有開這間書店，未來在天堂相會時，可能會因為沒遵守約定而被女兒責罵呢。如果到時太太也幫著女兒責怪我，我說不定會被趕回來呢。」

柳名優雖然沒有明說，但字裡行間隱約暗示著妻女已不在人世。方才還面帶笑容的來賓，眉眼間都流露出悲傷。

「您決定好書店的名字了嗎？」

女主持人將話題帶開，柳教授也隨即答道：

「一開始想了幾個名字，但始終拿不定主意，最後決定叫做『記憶書店』。」

「記憶書店嗎？」

「對，因為這個空間要用來緬懷提前離開我的家人。」

兩位主持人雙雙點頭，頭戴鴨舌帽的年輕男來賓插話：

「我也可以去拜訪您嗎？」

「我很歡迎您來，但來之前您需要做一些事情。」

「是需要錢吧？」

見這名男來賓比出錢的手勢，棚內一陣哄堂大笑。柳教授帶著一抹淡淡的微笑回說：

「不是錢，是您必須先預約，因為我的書店採預約制。有意買書的客人，必須在預約的時間前來，向我展現您對書的相關知識，並讓我看見您對書的熱情，說服我您為何需要這本書。」

「說服成功可以半價購書嗎？」女主持人問。

柳教授聳聳肩道：「成功說服我的話，免費奉送也沒問題。」

一席話令眾人驚嘆連連。畢竟柳名優擔任節目嘉賓期間，多次在鏡頭前展現對古書的熱愛與執著，如今他竟說願意免費奉送這些古書，令在場眾人十分驚訝。這時，站在監控螢幕旁的導播比出結束錄影的手勢，兩位主持人立刻轉向鏡頭。男主持人首先開口：

「今天的《和電視節目一起讀書》第一百集，是現場直播的特別節目。很遺憾節目時間來到尾聲，該與各位觀眾說再見了。非常感謝觀眾朋友一直以來的支持，我們未來也會持續為提升社會閱讀風氣而努力。謝謝前來參與一百集特別節目的嘉賓，也再度感謝最後一次擔任我們節目嘉賓的柳名優教授，謝謝您一直以來的付出。」

女主持人接著說完節目收播的問候詞，現場直播便告一段落。導播一做出結束的手勢，所有嘉賓均鬆了口氣，並拿下別在身上的麥克風。柳名優拿下別在衣領上的麥克風，慢慢拉出藏在衣服下的線。導播上前回收麥克風時，男主持人也整理好桌上散落的腳本，並來到柳教授身旁。

「感謝您每次都帶來精采的故事，為節目增添許多看點，以後沒機會常常見面了，真是可惜。」

「多虧有您，擔任節目嘉賓期間我也有許多收穫。未來我會以書店老闆的身分，繼續支持這個節目。」

「實在沒想到您竟連教授工作都辭掉了，真讓我驚訝。」

「哎呀，我在塵世打滾太久了。」

柳名優的玩笑讓男主持人笑了出來，這時女主持人也來向他道別。柳名優跟工作人員們寒暄了幾句，便帶著如釋重負的表情離開現場。他花費十五年做了許多準備，如今正式執行計畫的時機終於來到。一想到過去這段令他痛苦不堪的歲月，他便非常希望獵人會咬住這個處心積慮準備的餌，讓整件事能圓滿落幕。

再度經過連接攝影棚與休息室間的昏暗通道，柳名優感覺置身十五年前的隧道之中。他低聲說道：

「該往目的地前進了。」

柳名優在節目尾聲發表的隱退宣言，令獵人激動得猛地起身。

「什麼？」

這傢伙雖然一直被批評見錢眼開、為成名不擇手段，但也確實賺進不少財富，現在竟突然宣布要放下一切名利？看他拚命博取名聲的可笑模樣，是獵人在殺戮之外的唯一樂趣。柳名優這一席話，令獵人激動得搖晃起電視。

「不，為什麼突然隱退？為什麼！」

接著他又宣布要開一間販售古書的小書店，並表示未來不會再在電視上看見他。看他拚了命只為成名的模樣，是獵人僅次於殺人的樂趣，如今就連這點樂趣都要被剝奪，令獵人氣得七竅生煙，不停在房中來回踱步，心中一股憤怒翻騰，無法平息。

「不可以，絕對不可以！」

這時電視裡的柳名優又補充說，他可能會將耗費鉅資蒐羅到手的書，免費送給造訪書店的客人。一聽見這句話，獵人便瞬間明白，這或許就是柳名優專程為他設下的陷阱。

「邀請我去找你是嗎？」

比起擔心可能會遭遇的危險，獵人反倒因為對方大膽挑釁而感到憤怒。

獵人怎麼也無法遏止怒火，只好從抽屜裡拿出一支手機，往關著獵物的倉庫走去。在倉庫中不停求救的女子，一聽見腳步聲靠近便立即停止尖叫。獵人打開燈並關閉灑水器，被冷水淋得全身溼透的女子趕忙求饒。

「先生！請饒我一命。」

獵人走到她面前，將手機丟在她的膝蓋上，再轉身走回門邊按下另一個開關，稍稍放鬆束縛她手腳的鐐銬。這樣一來既能限制女子的行動，但也能讓她在一定程度內自由活動手腳。獵人一連串的行動嚇得女子絲毫不敢吭聲，只敢微微抬起頭看著他。

「打電話回家，問他們能出多少贖金。」

「真、真的嗎？」

「別讓我說第二次。」

獵人一番話讓女子鬆了口氣，以為自己有機會獲救。她顫抖著雙手拿起腿上的那支手機，快速按下電話號碼。

就在女子慶幸即將獲救的同時，獵人走向女子後方的桌子，拿起一把放在桌上的鐵鎚。這柄鎚子有著巨大鎚頭，雖然笨重，但能一次致人於死，是獵人偏好的凶器。第一次殺人時，他用的是扳手，之後幾次則是刀子。但獵物挨刀見血後總會激烈反抗，且以刀子殺害獵物時，血會不受控制地四處噴濺，後續清理相當費力。經過幾次嘗試後，獵人便改用較不容易濺血，同時也能給予獵物致命打擊，使其失去抵抗能力的巨大鈍器。他只需要站在獵物身後，舉起鈍器用力敲擊後腦便能瞬間完成殺戮。獵人將鎚子藏在身後，緩慢靠近女子。女子這時正快速輸入電話號碼，嘗試抓住獲救的希望。獵人來到她身後，高舉手中的鐵鎚用力砸下。

人們總以為頭蓋骨遭鈍器重擊時，會發出類似堅硬物遭破壞的斷裂聲，但其實那更像是腳踩到餅乾時發出的脆裂聲。女子的後腦無預警遭受強烈打擊，她瞬間失去意識雙手一鬆，握在手上的手機隨即掉落地面。看著噴濺在液晶螢幕上的鮮血，獵人揚起嘴角無聲地笑了。其實那支手機早已故障，毫不知情的女子卻誤以為自己還有一線生機，絲毫沒察覺異狀，只顧著打電話回家求救。獵人看了看手上的鎚子，上頭沾滿了黏稠的腦髓與血液。他伸出舌頭輕舔，忍不住皺起眉頭，人血混雜著腦髓的那股鹹味，無論嘗過多少次都無法習慣。他將鎚子放回桌上，將被綑綁的獵物放下來準備清理。已經喪命的女子頭無力地向前垂落，獵人彷彿能從她臉上的表情看出一絲不知自己究竟為何而死的困惑。女子一邊的眼珠因鐵鎚的強力打擊噴飛而出，掛在半空中搖晃。

「眼球竟然飛出來了，我太用力了。」

獵人反省自己的失誤，小心翼翼地將眼球塞回眼窩。

其實獵人本打算讓她多活幾天，凌虐一陣子後再送她上路，但柳名優隱退的消息實在太令人憤怒，為了發洩怒氣，他才決定立刻動手。失去理智導致下手過重也無可奈何，獵人決定繼續完成該做的事。

他拿起放在鐵鎚旁的一對鐵鉤，走到癱軟的女子身後，將鐵鉤分別刺入她的左右肩胛骨下方。鐵鉤刺入的同時，還能聽見肌肉撕裂的聲音。確認鐵鉤深深嵌入女子體內後，獵人高舉起手拉下兩條鐵鍊，將鐵鉤掛在鐵鍊上，緩緩吊起女子的身體。由於是半地下室，天花板的高度受到限制，不過還是能把屍體吊至雙腳微微離地的高度。確認鐵鍊固定好後，獵人從放著鐵鎚的桌上拿起一把彎刀，接著割開女子身上所穿的衣服。懸在半空中的屍體，因他的力道造成的作用力緩慢地旋轉著。他像在剝皮一樣，將女子身上的衣物剝下丟入角落的箱子，接著把彎刀放回桌上，再打開一旁的抽屜，裡頭有一把幾天前才剛磨過的刀。獵人拿起刀子來到懸吊的屍體旁。他單膝跪地，將女子的腳踝割開，鮮紅色的血瞬間流出，在地面匯集後流入排水口。獵人向後退了幾步，短暫欣賞自己的作品。隨後按下門邊的開關，水柱自天花板灑落。

「只要一天血就會流乾。」

自第二次狩獵起，他便開始使用這個手法，因為放血後的屍體處理起來輕鬆許多，他一直沿用至今。除了成功抓捕並殺害獵物之外，後續處理能否乾淨俐落也十分重要。至於放血之後的處理，他也有過多次嘗試與實驗，才找出最佳方案。他曾試過焚燒，卻因煙霧過大與濃重氣味而招人懷疑。選擇以鐵鎚為武器、偏好先放血再處理屍體，都是經驗累積的成果。

獵人關上燈離開倉庫，回到自己的房間。他猶豫是否要沖個澡，但覺得沖澡並無助於遏制怒火而作罷。他選擇走向房間角落的保險箱，單膝跪地打開保險箱後，他拿出一樣物品並躺到床墊上。那是一九二六年發行的《開闢月刊》[6]第七〇期，因收錄李相和[7]的文章〈遭奪取的原野能否迎來春天〉，而使這期雜誌的價格水漲船高。他以輕柔緩慢的動作翻閱，看著書頁上受歲月洗禮的文字。獵人心情變得十分平靜，翻到刊載李相和詩作的那一頁，他仔細品味咀嚼詩中的每一個字。

過去父親總帶著嚇人的表情提醒他，書就該仔細閱讀、慢慢品味，否則會被寄宿在古書中的鬼魂抓走！雖然對年幼的孩子來說，這是個可怕的威嚇，但在當時的獵人心中，那反而是父親唯一不令人害怕的時刻。想到這裡，他不禁流下眼淚。十五年前受傷的左腳踝陣陣抽痛，他選擇忽視那股疼痛，盡情沉浸在閱讀古書的喜悅之中。只可惜潛伏在內心的那股憤怒，仍令他無法忽視。那個用盡全力只為成名，在他眼裡卑微如蟲子的傢伙，竟突然決定放下名利？真令人不敢置信。他竟然還理直氣壯地說要開間販售古書的書店！獵人氣得將書闔上，直覺告訴他，該了結這段十五年前的孽緣了。他很清楚柳名優開這間書店，其實是為引誘自己而設下的陷阱，因此他必須比任何時候都更加小心。

「你竟敢挑戰我？」

6 一九二〇年六月二十五日由天道教青年會創辦的雜誌。一九二六年八月日本殖民政府以妨害社會秩序安寧為由勒令停刊，共發行七十二期。

7 이상화（1901-1943），積極抗日的朝鮮民族主義詩人。

十五年前

柳名優好不容易讓妻女坐上車出發，但後座的女兒宥利仍在鬧脾氣說不想去，太太則以無聲的抗議表示支持女兒。妻女的抗拒令柳名優坐立難安，卻不知該如何安撫兩人，只能自行想辦法排解心中的煩躁。

「老婆，妳放輕鬆一點嘛。」

「這種情況要我怎麼放輕鬆？」

太太抓準機會開口抱怨，柳名優緊皺眉頭。

「我說過很多次，這場聚會非去不可。」

「聚會再怎麼重要，也不需要一回國都不休息就去吧？你沒看到宥利很累嗎？」

柳名優教授透過後照鏡看了看癱倒在後座的女兒，深深嘆了口氣。事情打從一開始就不對勁。他們搭乘的班機因引擎故障，延遲三小時才從巴黎戴高樂機場起飛，這使得他們在仁川機場最為繁忙的時刻降落，來自中國的航班恰巧也在這時抵達，機場擠滿大批中國觀光客，讓他們光是下飛機走到海關就花了許多時間。人潮也使他們在離開機場時，必須花費更多時間等計程車，最後比原定時間晚了至少五小時，才抵達位在首爾新村的住家。學成歸國的柳名優人還在法國時，便已獲聘成為市民大學的教授。為了祝賀市民大學校長七十大壽，他們不得不立即放下行李，驅車前往位在京畿道的富川參加宴會。若按原定時間抵達，他們還能在家稍事休息，但如今的狀況並不允許他們這麼做。幸好國道上的車子不多，順利的話應該能在宴會結束前抵達。只是出發前太太竟說既然已經遲到不如乾脆缺席，今年要上國中的女兒宥利也一直喊著不舒服不想去，兩人的反應令柳名優十分惱火。

「妳們以為從法國留學回來立刻獲聘成為教授很容易嗎？能有這個機會，都是因為校長在後面幫忙！他叫我一定要參加生日宴會，他這麼幫我，我卻突然說不去，這樣怎麼對得起他？他的面子要往哪裡擺？」

其實他會如此煩躁是因為他尚未被正式聘用，要是校長突然改變心意，隨時都能找替補人選取代他。當初他可是想盡辦法取悅這位喜愛古書的校長，才終於獲得這份教職。這也多虧了柳名優平時就愛蒐集古書，才得以在回國前便掌握這麼一個不可多得的機會。只不過校長是暫時口頭答應，正式聘用流程必須等他歸國之後才能進行。或許是尚未完成正式聘用流程的緣故，柳名優在歸國前聽說仍有人持續嘗試搶走這份工作。這一類消息總令柳名優十分焦慮，但人在國外的他，能做的也只有盡量撫平這份焦慮。不過他也因此打定主意，絕對要把握校長生日宴的機會，讓眾多競爭對手與相關人士知道，自己就是新進的國文系教授。偏偏家人只顧著扯後腿，絲毫不明白他的用心良苦，實在令人心煩。見他將內心的情緒都擺在臉上，坐在副駕駛座的太太忍不住嘆了口氣。

「當教授有這麼重要嗎？」

「當然重要。妳知道有多少人好不容易在國外拿到博士學位，回國後卻找不到工作？」

「我覺得你好像突然變得很在乎名利，你是怎麼了？」

太太滿是擔憂的語氣，似乎觸動了柳名優的敏感神經。

「還問我怎麼了？不就是為了養活妳和女兒！」

柳名優怒斥，嚇得癱在後座的女兒宥利哭了出來。女兒的哭聲，令柳名優瞬間想起一家人剛到法國時，宥利因為語言不通經常哭鬧。由於宥利非得要爸爸本人出現才肯停止哭鬧，以致柳名優三番兩次被叫到學校處理問題。每每接到學校的來電，他就得暫停研討會前去處理。雖然他對此感到無奈，但為了女兒也不得不這麼做。回想起當時的心情，柳名優忍不住對女兒大聲了起來。

「還哭！妳憑什麼哭！」

他的怒斥沒有起任何作用，只是刺激宥利哭得更大聲。太太不悅地說：

「看你都把孩子弄哭了！」

「是我弄哭她的嗎？她是自己哭起來的！」

「你怎麼能這樣講女兒？」

柳名優氣得用力捶打方向盤。

「為了不讓妳們挨餓，我拚了命想拿到這份工作，為什麼妳們連這點小事都不能忍？」

「你有問過我們的意願嗎？是你自作主張還硬要我們配合！」

想起在巴黎留學時所受的委屈，柳名優再也無法遏止心中的怒火。他氣到發抖，這也使女兒因害怕而哭得更厲害。太太的表情十分凝重，雙手抱胸且一言不發地看著窗外。柳名優本想說點什麼，但因為車子即將駛入隧道，他決定先專心開車。眼前這條雙線道的隧道沒有任何指示牌，隧道內也一片漆黑，沒有一點燈光。

「媽的！氣死我了，怎麼這麼暗？」

一駛入隧道，便看見一輛車停在前方不遠處，此刻看什麼都不順眼的柳名優立刻踩下剎車。從眼前的情況來看，那輛黑色的三星 SM5 似乎是撞到隧道牆壁而停下，還能看見有個人站在掀開引擎蓋處查看車子的狀況。

車子引擎冒出濃密的黑煙，加上整輛車斜擋在隧道中央，導致後方來車完全無法繞過。柳名優見這幅情景，忍不住嘆了口長長的氣。

「我真是要瘋了，今天怎麼這麼不順？」

他連按了好幾下喇叭表達不滿，對方卻毫無反應，這讓柳名優感覺遭到忽視，心中壓抑已久的怒火瞬間爆開來。他解開安全帶下車，這時一旁的太太拉住了他。

「老公，我們走別條路吧。」

「一直繞路我們會遲到！」

柳名優不理會太太的勸阻，大吼一聲並甩上車門，大步朝前方閃著黃燈的車走去，邊走邊對正彎腰查看引擎的男子大喊：

「喂！車子故障了就停到路邊去！這樣擋住車道，後面的車怎麼辦？」

那人抬起頭來看著柳名優。只見他穿著深色連帽上衣搭配牛仔褲，頭頂藍色棒球帽並配戴黑色口罩，整張臉就只露出一雙眼睛。在沒有太多照明的昏暗隧道中，那人凶狠銳利的雙眼顯得無比清晰，那眼神甚至令柳名優有些害怕，但身為男人的自尊心讓他不願輕易退縮，於是鼓起勇氣再往前跨了一步。

「先生！我有急事，麻煩你把車子往旁邊移。」

男子雙手撐在引擎蓋大開的車上，一言不發地看著柳名優。那名男子戴著手掌是紅色橡膠塗層的工作手套，他的表情和肢體語言彷彿在警告柳名優：最好閉上嘴，否則小心挨揍。

「把車子移到旁邊啦！這條路你家開的哦？」柳名優不僅沒被嚇退，口氣甚至更差了。

這時男子聳了聳肩，表示他也無可奈何。柳名優再往前跨了一步，還伸手推了男子一把。

「今天是怎樣？車要是不動就叫拖車來啊！要我幫你叫拖車嗎？」

男子一言不發並向後退了一步。粗喘的呼吸聲與好似瞧不起人的態度，令柳名優益發憤怒，他握起拳頭奮力捶了下引擎蓋。

「你是瞧不起我嗎？媽的！」

就在這時，他看見那輛車駕駛座窗戶上噴濺的血跡。

「等等，有人受傷了嗎？」

他仔細一看，才發現有個人躺在汽車後座，頭上的傷口還不停流著血。柳名優吃驚地抬起頭來，只見男子不知何時來到他身旁，舉起扳手就往他的頭招呼下去。這讓他痛得忍不住彎下腰，費盡力氣地想抬頭，卻只聽見對方以粗喘嘶啞的聲音說：

「怎麼不說話了？你不是很會說嗎？看人車子故障，就該來問問有沒有哪裡需要幫忙吧？是吃了什麼讓你嘴巴這麼臭？」

接著男子從口袋裡掏出一把刀。

「等我把你的嘴割爛，就不會再亂吠了吧？」

冰冷的刀刃一碰到臉頰，柳名優立刻開始掙扎。刀子沿著他的嘴角在臉頰上劃開一道傷痕，溫熱的血液從傷口流出。柳名優嘗試逃離，男子不耐煩地咂嘴，並高高舉起扳手。

「真是有夠煩人耶。」

正當男子準備揮下扳手時，柳名優所駕駛的車子發出喇叭聲。想必是人在車上的妻女見情況不妙，嘗試按喇叭制止這名男子。連串的喇叭聲引起男子的注意，他轉頭看向柳名優的車。

「靠，我本來還想先把你處理掉再過去。」

聽見這句話，柳名優瞬間警醒。

「不行！不要碰我太太跟女兒！」

「哈，怎麼做由我決定，不需要你管。」

柳名優伸手拉住男子，對方則拿起扳手用力敲了他的膝蓋。啪的一聲，柳名優感覺自己的膝蓋骨似乎碎裂了，但他沒發出任何慘叫，只是死抓著男子不放。男子拖著柳名優來到後座，打開車門後將柳名優拉起來推入車內。

「我回來再處理你，乖乖在這等我啊。」

被推入後座的柳名優這才發現，剛才以為昏倒在後座的那個人，其實已經是具冰冷的屍體，這讓他瞬間亂了方寸。他轉了個身，調整姿勢想爬起來時，一眼看見座椅下方放了個類似背包的物品。他下意識抓起背包，並舉起空著的手朝車門方向摸索，用盡吃奶的力氣嘗試打開車門。這段期間，車子的喇叭聲未曾間斷。

「拜託！不要再按了！快跑！快點倒車走其他路！」

大吼的同時，他聽見喀噠一聲，車門打開了。他奮力推開車門，拖著身體爬出車外，並把放在後座地板上的背包一起帶了出來，身上的傷令他在移動過程中不時發出呻吟。好不容易爬到車外，他趴在路上掙扎著起身的瞬間，恰好看見男子從妻女所在的車輛上走了下來。他無法克制地大喊：

「不行！」

雖然柳名優爬出車子令男子有些意外，但他仍不疾不徐地先關上車門再往柳名優走去。在頭和腿都受傷的情況下，柳名優完全無法逃跑，而且他也不打算丟下妻女逃跑。見他掙扎著想起身的模樣，男子語帶挖苦地說：

「所以說做人就該善良點，對吧？」

「你到底要幹什麼？」

「我是獵人。」

「什麼？」

「獵人無法容忍有人擋住自己的去路。就像掠食者一旦露出獠牙，那面前的一切都只能是他的獵物。」

自稱是獵人的這名男子挑了挑眉，口罩下的嘴想必也正露出陰險的笑。

「有必要這樣嗎？你這瘋子！」

柳名優發瘋似的怒吼，見男子舉起扳手想要攻擊，柳名優反射性地拿起從後座拉出的背包當成盾牌。男子見狀，隨即慌張地說：

「媽的，還不快放下背包？」

他沒有揮下扳手，而是用另一隻手大力拉扯背帶嘗試搶走背包，柳名優自然是怎麼也不肯鬆手。兩人使勁拉扯，導致背包背帶撕裂，男子因用力過猛而向後摔倒。原本掛在背帶上，類似鑰匙圈的小巧金屬裝飾瞬間掉落在地。男子將手中的背帶甩往一旁，氣憤地走向柳名優。

「媽的，你最好給我死得安分點！」

他揪住柳名優的衣領，將倒臥在地的他拉了起來，一手舉起凶器威嚇。柳名優望著他冷酷的雙眼低聲說道：

「你真是個瘋子。」

「我們彼此彼此吧？」

男子微笑回答，接著便揮下扳手攻擊柳名優。這一下讓柳名優再度癱倒在地，但他並未認輸，而是死命擠出一絲力氣，將握在手中的金屬裝飾物刺入男子的左腳腳踝。突如其來的攻擊令毫無防備的男子大吃一驚，他痛得扔下扳手抱住自己的左腳，跳著拉開與柳名優之間的距離。待疼痛稍稍平息，他便從口袋裡掏出一把刀。

「你花招可還真多。」

男子跛著腳重新朝柳名優靠近，柳名優則將背包當成盾牌，只見男子一直試圖繞過背包傷害柳名優。這時，兩人聽見隧道入口處傳來汽車的引擎聲。不知何時，一輛藍色卡車開著大燈停在隧道口。男子見狀，隨即拔腿朝柳名優的車子奔去，他跳上駕駛座發動車輛，朝倒臥在地的柳名優疾速駛去，似乎是意圖將柳名優輾斃。

「不要！」

柳名優奮力爬向一旁，嘗試躲開朝自己高速駛來的車輛，但身受重傷的他動作過於緩慢，只有上半身來得及逃開，下半身被車輪狠狠輾過。那一瞬間，他甚至能感覺自己雙腿的骨頭與肌肉都被輾成了碎片。

「呃啊——！」

柳名優慘叫出聲，因車子撞擊的力道而向前滾了幾圈。但即使遭受強力撞擊，他仍緊緊抓著那用來當盾牌的背包。男子開車高速輾過他的雙腿，緊接著砰一聲，擋在路中央的車子被撞開，整輛車像要翻覆似的大力搖晃。柳名優躺臥在地，看著男子駕駛自己的車消失在漆黑隧道的盡頭。直到紅色的車尾燈漸漸消失在黑暗中，他才漸漸感覺到下半身傳來的疼痛。被車輾過的雙腿彷彿黏在路上，他整個人動彈不得。這時卡車上下來兩名男子，跑過來查看狀況。一人拿著手機撥打電話，並四處查看周圍的情況。另一人戴著上頭寫有新村二字的帽子，小心翼翼地靠近柳名優。

「先生，你沒事吧？」

柳名優拚命擠出最後一點力氣，詢問那名神色驚恐的男子：

「我老婆跟孩子呢？她們在那輛車上。」

「那輛車？」

柳名優指著剛才停車的地方，對這名不知所措的男子說：

「剛才撞了我的那輛車，我的老婆跟小孩都在那輛車上。」

「這……這我不知道，但我有看到什麼東西被丟在路邊。一開始我還以為是被車子撞死的獐鹿……」

柳名優意識到這番話代表什麼意思，瞬間哭了出來。

「都是因為我！全都是因為我！」

如果不要這麼固執，聽從家人的話好好休息，就不會遭遇這種慘劇了。一想到這一切都是自己造成的，他便難受得快要發瘋。面朝上仰躺在地的柳名優痛哭失聲，令前來查看他狀況的男子不知該如何是好。就在這時，柳名優聽見另一名男子對著手機回報目前的所在位置。

「這裡是往天安的國道，就是最近新開的那條。我們想說通車了就走走看，沒想到竟然遇到這種事，真是太倒楣了。」

通報完後，兩名男子合力將柳名優帶離現場，期間他仍不斷停喊著一定要抓到凶手。

「車子要爆炸了，趕快逃命吧。」

兩人拖著仍在痛哭的柳名優離開隧道後不久，那輛車便被大火吞噬，隧道內瞬間濃煙密布。

◆　◆　◆

柳名優的夢總是停在這裡。

在燈火通明的室內，他靜靜睜眼望著天花板。那天之後，他因為對黑暗的極度恐懼而必須點燈入睡。害死妻女的罪惡感與獵人帶來的恐懼折磨著他，只要置身沒有燈光的空間，他就覺得呼吸困難。他用雙手撐起自己，坐到一旁的室內用輪椅上，再推著輪椅往浴室前進。只要從夢中驚醒就去沖澡，儼然已成了他的習慣。房間的門沒有門檻，就是為了讓坐輪椅的他能通行無阻。他來到浴室推門入內之後，便換坐到浴室用鋁製輪椅並推著輪椅到蓮蓬頭下方。一按下配合輪椅高度特別安裝的淋浴按鍵，水立即從固定在天花板上，形狀有如向日葵的蓮蓬頭灑落。傾瀉的水柱之下，他用盡全力遺忘痛苦的回憶。

那天，看見救護車與警車同時抵達後，柳名優緊抱著有如救命恩人的背包暈了過去。兩天後他清醒過來，發現自己躺在案發現場附近的醫院內。一睜開眼，他首先想到的就是家人。

「我太太跟宥利呢？」

一旁戴著粗框眼鏡的白袍醫師沒有回答，而是轉頭看向站在另一邊穿著皮夾克的刑警。刑警拿下夾在耳邊的原子筆，一邊翻開一本手冊，一邊向柳名優介紹自己名叫林志雄。他的語氣平靜，讓人感受不到任何一絲情緒。

「我們在現場護欄附近發現了她們，兩人都是遭鈍器殺害。」

柳名優潸然淚下。當時太太在車內按喇叭救了他一命，卻反而招來殺身之禍，女兒也跟著一起遇害。這一切的起因，都是他執意要去參加宴會，且為了趕路不肯繞道。他聲淚俱下地告訴刑警，這狀況等同於是他親手殺害了妻女。

「你還記得嫌犯的特徵嗎？」刑警問道。

聽警察這麼一問，柳名優瞬間回想起那令人恐懼的當下，隨即渾身顫抖地緊抓住棉被。林志雄看著柳名優的眼神有些耐人尋味，他還想繼續追問下去，醫師卻在這時出聲制止。

「他還需要靜養，請您明天再來吧。」

刑警點了點頭，闔上手冊並重新把原子筆夾回耳邊。

「那我明天再過來，請您好好休息。」

警察離開病房後，醫師替柳名優把棉被蓋好，並對仍在發抖的他說：

「我有些事情要告訴您。」

「什麼事？」

醫師沒有直接回答，而是低頭看著他的下半身。這時柳名優才想起，失去意識前疼痛不已的雙腿，如今竟一點感覺也沒有。他隨即驚訝地望向醫師。

「您被送來醫院時，我們已經無法採取任何措施，尤其是您當時嚴重失血，我們不得不為您截肢。」

柳名優撐起上半身，再將手伸入棉被底下，這才發現自己雙膝以下空空如也。瞬間，一股惆悵與痛苦自內心深處湧現，他渾身顫抖了起來。醫師趕緊扶著他躺下，並朝病房外大喊：

「護理師！」

柳名優整個人失去控制瘋狂顫抖，幾位護理人員隨即進入病房將他壓制住。在失去意識之前，他最後聽見的是醫師大喊「快幫他打鎮靜劑」的聲音。

案發後到出院之前發生的事，帶給他的傷害遠遠超過失去家人的痛苦。那起案件雖有目擊證人，但警察依舊將他列為嫌疑犯之一，尤其穿著皮夾克的那名林姓刑警，一聽說他當時曾在車上與太太和女兒發生爭執，便一直朝這個方向深入追查。林志雄刑警四處拜訪他們的親友，詢問柳名優夫妻關係是否融洽。前來探病的父親提起這件事，讓柳名優難過得心如刀割。他積極提供自己所看見的嫌犯相貌給警方參考，得到的回應卻相當冷漠。警方在距離案發現場約二十公里外的城鎮內，發現嫌犯殺人後駕駛逃逸的車輛，但車內並未採集到任何指紋，也沒有留下其他線索。嫌犯如煙霧般銷聲匿跡，林刑警不滿地抱怨：

「這傢伙像幽靈一樣，什麼都找不到。」

「他原本開的那輛車呢？」

「那輛車的車主是死在後座的那個人。」

「凶手原本坐在那輛車上，車上有沒有找到什麼證據？」

「可惜那輛車徹底燒毀，所有證據都被燒光了。我們也是花了好大的力氣，才查明車內那名死者的身分。」

「他是誰？」

林刑警將夾在手冊內的照片拿給他看。

「是個叫高廷昱的男人，四十三歲，在仁寺洞經營古書骨董買賣。你認識他嗎？」

柳名優仔細查看任刑警遞出的照片，然後搖了搖頭。

「我到法國留學五年多，案發當天才剛回國，留學期間也很少回來韓國。」

「這件事我聽說了。案發當天，被害人上午接到電話後便開著自己的車子出去，接著在半路上遭人殺害。死因是被扳手擊中頭部要害。」

林刑警將照片夾回手冊，用手比了一下高廷昱被扳手擊中的部位。

「高廷昱頭部受到重擊後失去意識，握著方向盤的手鬆開，所以車子才會撞到隧道牆壁。」

「他為什麼會被殺？」

刑警拿下夾在耳上的原子筆搔了搔頭。

「目前還沒掌握犯案動機，可能是因為錢。我們推測，犯人應該是以要和死者交易為誘餌。死者在仁寺洞的店內接到電話，與犯人約好在外碰面，再由死者開車載犯人來到案發現場。根據調查，高廷昱的死亡時間和您家人的死亡時間非常相近。」

「這是連續殺人嗎？是什麼連環殺手之類的？」

「目前還不清楚。」

「你們完全沒有一點關於犯人的線索嗎？」

柳名優焦急地問，林刑警只是搖搖頭。

「犯人像幽靈一樣消失了。我們派出很多警力到附近村莊搜索，都沒發現任何蛛絲馬跡。那一帶是鄉村，本就人煙稀少，再加上這條路也才剛通車，沒有什麼路過的車輛。」

「也沒被監視器拍到嗎？」

刑警皺著眉頭說：

「人煙稀少的鄉村不會有監視器。我們本想說燒掉的那輛車上可能會有指紋，還特地請了科學搜查隊來蒐證，但沒有半點收穫。下次我會帶幾張有強盜殺人前科的人的照片過來，能請你指認看看嗎？」

「這樣是找不到他的。」

「為什麼？」

「我覺得他不是為了錢。」

刑警搖搖頭。

「案發前一小時左右，死者高廷昱從戶頭提領了上百萬元，現場卻完全找不到那筆錢。犯人絕對是為了那筆錢殺人，只是沒想到您一家人搭乘的車突然出現，讓他又衝動多殺了兩個人。」

林志雄認為這是個非常有力的假設，但柳名優曾經直接與這名自稱獵人的犯人面對面，他直覺認為肯定不是這樣。柳名優無奈地將視線別開，這時正在搔鼻子的林志雄開口說：

「我知道家人遇害讓您受到很大的打擊，很想查出凶手的身分，不過這些事還是交給專家吧。」

「你們不是連線索都找不到嗎？」

柳名優的反駁令林志雄感到無地自容，他嘆了口氣。

「電視劇裡的警察，好像都能很快抓到犯人，但其實辦案很花時間。尤其這個案子，犯人幾乎沒留下任何線索，完全銷聲匿跡。」

林志雄這番話聽起來就像在辯解，令柳名優感到十分不快。

「他光天化日之下在大馬路上殺了三個人，你怎麼能說這種話？」

「總之，我們也在盡力追查當中。如果有人清楚看見犯人的長相，那就另當別論，但在場的每個人都不記得他的長相，我們也無法進行模擬。」

柳名優小心翼翼地回想那張被口罩與帽子遮住的臉。確實，就算現在犯人脫掉帽子與口罩站到他面前，他肯定也認不出來。雖然記得他濃重的呼吸聲，但自己身邊也有不少人會發出類似的聲音。他也清楚記得犯人凶狠的目光，但對方若有意掩飾，柳名優肯定也無法辨別。他很清楚犯人確實不好抓，只是林刑警這番話聽在他耳裡，好似在嫌追查犯人是件麻煩事。隨後刑警還繼續追問柳名優與太太的關係，最後是一旁的醫師實在看不下去，才以要為柳名優進行治療為由請林志雄離開。醫師一邊為柳名優量測體溫，邊問他說：

「對了，您拿回您的背包了嗎？」

「什麼背包？」

柳名優的反應讓醫師有些驚訝。

「我有請院務科的同事轉交給您。」

柳名優看著醫師愣了一會兒，隨後想起了他說的是什麼背包。

「您說那個背包啊？」

「對，就是您被送來時緊緊抱著的那個背包。就我所知，目前由院務科保管，我立刻去幫您拿來。」

一小時後，那充滿謎團的背包回到柳名優手上。那是個布製的普通背包，原本放在犯人乘坐的車輛後座，除了背帶被扯斷之外，沒有其他可疑之處。可能是因為在失去意識的狀態下他仍緊抱著這個背包不放，醫院才誤以為這是他的私人物品。背包沉甸甸的，裡頭似乎裝著什麼。柳名優打開拉鍊一看，發現其中放了幾本舊書。喜好收藏古書的他，一眼便認出那都是些什麼書。

「這是《失落的珍珠》。」

這本書由一九二四年出生在平安北道定州的詩人、翻譯家兼評論家金億編纂，精選英國詩人亞瑟．西蒙斯六十多篇詩作。當年由平文館出版，開頭還介紹了金素月[1]的詩作〈結縷草〉與〈杜鵑花〉。過去他在日本京都時，這本書曾引起他的興趣，但那時他還只是貧窮的留學生，望之卻步的價格讓他只能忍痛放棄。

1 김소월（1902-1943），日本殖民時期的韓國詩人，原名金廷湜，為韓國二十世紀最具代表性的詩人之一。

「犯人想把這本書搶回去。」

回想起來，本打算對他痛下殺手的犯人，一看見自己手上拿著這個背包當擋箭牌，立刻慌了手腳，想必是害怕裝在背包裡的古書受損。想到這裡，柳名優立刻得出一個結論：

「這是個跟我一樣愛書的傢伙。」

柳名優想起林志雄說尚未掌握凶手犯案的動機，只能確定車子後座的死者是在仁寺洞經營古書骨董買賣。柳名優敢肯定，犯人絕對是為了搶這本書才動手殺人。發現自己掌握連警方都沒能找到的線索，柳名優十分激動。

「上面能夠採集到指紋嗎？」

本想請警方調查看看，但仔細一想，現在這本書與背包上頭，肯定沾滿了醫院院務科員工與他自己的指紋。他還記得當時嫌犯戴著手套，況且林志雄刑警對追查犯人似乎也興趣缺缺。

「不如把證據留下，我自己來追查犯人。」

雖無法確認犯人的長相或指紋，但至少能確定這人十分珍惜古書。這種興趣培養不易，但培養起來後也不容易放棄。就像他自己，即便是在拮据的留學時期，仍會在負擔得起的前提下參與古書競標。凶殘至極的殺人魔竟跟自己有共通點，令他一時難以接受。柳名優若有所思地翻閱書本，接著他突然停下動作，書頁中竟夾著類似飛蛾的東西。古書蒐藏家最厭惡書出現任何瑕疵，但這隻飛蛾看起來並非不小心夾入書中，而是有人刻意為之，這種行徑實在令人無法理解。

「這是他殺人的原因嗎？」

這時，一陣開門聲將沉思中的柳名優拉回現實。走進病房的是一名陌生人，不是林志雄等前來查案的檢調人士，也不是醫院的護理人員。他記得自己目前仍拒絕面會，除了警察與家人之外的人一概不見。於是他主動開口。

「請問你是哪位？」

這名身材矮胖一頭亂髮的男子向他走近，低聲問道：

「你是柳名優先生吧？我是《京民日報》的記者孫基守。」

「記者？你是怎麼進來的？」

「這世界上有種東西叫做後門。」

自稱記者的孫基守淡淡一笑，拉了張椅子到病床邊坐下。床頭就有能呼叫護理站的按鍵，柳名優朝按鍵處伸出手，孫基守見狀立即開口表明來意。

「我想採訪你。」

「要採訪什麼？」

「我聽說這起殺人案非比尋常，警察都找不到任何線索。」

「真的完全找不到線索嗎？」

孫基守點了點頭。

「老實跟你說，我實在不知道警方到底有沒有意願要查。他們現場調查做得很不確實，也沒有好好蒐集證據。」

他這番話語帶譏諷，令柳名優心生恐懼，擔憂殺害妻女的犯人說不定真會這樣逍遙法外。他搖搖頭，並在心裡告訴自己絕不允許這種事發生。孫基守接著說：

「警方有沒有跟你透露目前進度？我採訪過他們，他們似乎認為柳博士你是可能的嫌疑犯。」

「你說什麼？現場有兩個目擊證人，我還受了這麼重的傷耶！」

聽了柳名優的話之後，孫記者看了看他蓋著棉被的雙腿，看似緊張地吞了口口水。

「話是這樣說沒錯，可能是因為他們找不到犯人，所以才想拖你下水。說是你雇用殺手殺害自己家人，並且為了脫罪，才故意要殺手開車把自己撞殘。」

「這是什麼鬼話，我為什麼要做這種事？」

見柳名優氣憤難平，孫基守眼睛一亮。

「調查過程中你都沒有感覺嗎？」

柳名優察覺記者的意圖，決定利用這名記者。他收回放在床頭呼叫鈴上的手，摸了摸自己的棉被。

「他們一直追問我跟妻子的關係。」

「為什麼？」

「意外發生前我們正好在吵架。」

「負責的刑警似乎深信夫妻吵架後太太要是死了，絕對是先生下手。」

「我也常聽他這麼說。」

「他居然當面跟你說這種話？真是太過分了！」

柳名優覺得這一切都無比荒謬。他長嘆一口氣，若有所思地看著手上的古書。

「至少這本書能成為我的慰藉。」

孫記者好奇地問：

「這本書看起來很老了。」

「這是一九二四年平文館出版的詩集《失落的珍珠》。譯者金億是金素月的老師，書中也收錄了他對金素月詩作的評論。」

「是課本裡出現的那個金素月嗎？」

見孫基守很有興趣，柳名優便翻開書的前幾頁拿給他看。

「沒錯。幸好有這本書在身邊，讓我能反覆閱讀。」

聽完柳名優的話，孫基守從袋子裡拿出一台小型相機。

「我可以拍張照片嗎？」

「當然可以。」

柳名優照著記者的指示，擺出正在閱讀《失落的珍珠》的模樣。連續不斷的快門聲中，他在心裡暗自祈禱：

「希望犯人能看到這篇報導。」

若犯人真心熱愛古書，甚至不願意傷害書本，那麼看見柳名優把《失落的珍珠》說成自己的所有物，肯定會氣得跳腳。記憶中犯人那冷酷的雙眼、有如漩渦般要將人吞噬的眼神，每每回想都令柳名優害怕不已，但他還是嘗試甩開恐懼，保持冷靜。

「不需要怕，我只要挺身對抗他就好，我一定能贏過他。」

再拍了幾張照片之後，孫基守被恰巧進入病房的護理師趕了出去。臨走之際，還向柳名優揮了揮手，似乎是要他保重。

隔天《京民日報》刊出報導，還配上柳名優躺在病床閱讀《失落的珍珠》的照片。報導直指嫌犯另有其人，無能的警方卻將唯一倖存的柳先生列為嫌疑人，令倖存者飽受折磨。文中還提及主治醫師抱怨警察頻繁拜訪傷患延誤治療，肯定是記者想盡辦法採訪到主治醫師的成果。各界輿論立刻對這篇報導有所反應，過去不曾露臉的刑事科長前來病房探望，並向柳名優道歉。柳名優表示不會計較警方的作為，只希望務必抓到犯人。刑事科長雖連聲說好，但柳名優心中早已有了結論：

「我必須親手抓到犯人。」

從此，柳名優踏上積極追逐名利與古書收藏之路。那起意外帶來各界同情，也幫助他順利獲得約定好的教授職位。接下來的十五年，他便利用大學教授的頭銜四處上電視露臉。即便許多人批評他過度追求名利，但只有他自己知道，這全是他為了逮住藏身於世界某個角落的犯人所做的努力。即便那起案件過去多年，但他仍然清楚知道：

「犯人仍在關注我。」

犯人對書有強烈的執著，這樣的喜好不會隨著歲月流逝而消退或消失，柳名優為了吸引犯人注意，開始帶著古書上電視。這使人們指責他虛有其表、為上電視不擇手段，但他毫不在意，他滿腦子想的都是透過電視注視著自己的獵人。因為只要自己持續出現在電視上，獵人肯定會持續觀察。他一直想利用這點為妻女復仇，如今他期盼已久的時刻即將到來。站在蓮蓬頭灑落的水柱下，柳名優細細回想著過去，彷彿正在拆解一團糾結的線球。他嘆了口氣，又忍不住落了幾滴淚。即便一眨眼已十五年，但只要按下記憶的開關，當日所發生的一切仍歷歷在目。他總會一一檢視自己的錯誤，當初應該聽話不去參加校長的生日宴、目擊意外後不該下車，而是該直接掉頭走別條路，這樣一來妻女就能活到現在，自己雙腿也能完好無缺。一想到自己犯的錯害妻女送命，柳名優總會憤怒地握緊拳頭，將自己的頭當成沙包拚命捶打。

十五年前，柳名優一家人意外闖入獵人的犯案現場，破壞了他完美的殺人計畫。這使獵人為了躲避追緝，不得不銷聲匿跡，也因為沒留下任何一絲線索，導致警方遲遲逮不到人。無法將殺害妻女的凶手繩之以法，令柳名優一度陷入絕望。後來他決定靠自己的力量揪出犯人，如今他也已做足準備，設計好絕對能引誘獵人上鉤的計畫。

「我絕對不會再放過你了，我一定要找到你。」

他將水龍頭調整至冷水區，繼續沖了一下才將水關掉。回想著十五年前的那個聲音，柳名優喃喃自語地複誦那個名字：

「獵人。」

記憶書店

幾天後，「記憶書店」的招牌在舊把撥車站附近的住宅區掛了出來。

柳名優早在幾年前便開始籌備開店事宜，因此才能在發布隱退宣言後立即開店。店面選在一個小小的十字路口轉角處，附近盡是錯綜複雜的狹窄巷弄。磚造雙層建築過去曾有電器行、小吃店與酒館進駐，如今脫胎換骨成了書店。除了書店旁附設最多可停兩輛車的空間之外，其他與一般常見的磚造建築並無二致。確認招牌掛好後，柳名優推著輪椅進入店內。

店內空間為前後狹長格局，除左右兩側磚牆之外，書籍展示區還擺放了高到天花板的書櫃，有如分隔牆一般，讓人一進門就恍若置身迷宮之中。這些高聳的書櫃上，陳列著柳名優四處蒐羅的眾多古書，其中有些價格不菲的珍貴收藏，更特地裝在玻璃盒內仔細保護。天花板照明是經過精心設計，以免光線直接照射陳列品。靠著左右兩側牆壁的書櫃上，也零星擺放了一些書籍。跟著柳名優入內的記者提問：

「店名為什麼叫『記憶書店』呢？」

柳名優將輪椅掉頭，面對記者群平靜答道：

「這是為了紀念先我一步離開的家人。」

「您說的家人是指……？」

「就是十五年前因那起案件而離開我的家人。我從來不曾忘記她們，未來也不會忘記。當年歸國後，我立刻獲聘成為大學教授，那時便跟家人約好退休後要開一間能讓大家共享讀書之樂的書店。其實我們還住在巴黎的時候，每到週末就會全家人一起到塞納河畔的莎士比亞書店挖寶。」

「未來您打算如何經營這間書店呢？」

柳名優瞥了書店內陳列的古書一眼。這些全都是他用上電視、演講、出版著作賺來的錢所購買的古書，而且他對古書的占有慾極強，一旦購入，無論別人出再高價他都不願意賣。過去積極追求名利、大手筆收藏古書的他突然宣布隱退，甚至還決定要將收藏品出售，此一消息自然引發各界關注，吸引大批記者前來採訪。他清了清喉嚨。

「雖然很讓人遺憾，但我無法將這些書帶到另個世界。我當然也想過是否立下遺囑，要求把古書跟我葬在一起，不過我想還是空手前往陰間會比較輕鬆。雖然這些都是我花大錢買來的收藏品，不過如同我在節目上所說，我並不打算用當初入手的價格售出。」

「您真的要免費贈送這些書嗎？」

記者露出笑容，柳名優有些淘氣地伸出食指搖了搖。

「要買家能說服我，說清楚書為什麼該交到他手上，那樣我才願意免費奉送。」

「您為什麼會有這個想法呢？」

「古書指的是古老的書。而其實大多數的古書，並非一開始就很昂貴或很稀有，只是許多書隨著歲月流逝逐漸消失，致使還留存下來的書價格提升。許多人花大錢買古書是用來珍藏，他們擔心頻繁的翻閱會毀損書本，而將書本束之高閣，但我認為這並不是對待書最好的方式。書就應該多讓人翻閱以傳遞其中的知識，所以若因書要價昂貴而減少翻閱，對書來說反而是種侮辱。書是用來讀的，也是必須用心愛惜的物品，我們不能隨意決定書的價值，更不能將其深鎖在金庫中或當展示品展出。」

柳名優一邊說，雙手還一邊做出翻書的動作。他稍作停頓，觀察了一下記者的反應。

「因此，如果有人真的很想取得我手上的某一本書，那我也願意將書讓渡出去。當然，首先對方必須成功說服我。」

「免費送書的話，您要怎麼維持書店營運呢？您現在也不上電視了不是嗎？」

「我已經把這棟建築物買下來，至少不會有租金壓力。」

柳名優聳聳肩，幽默地答道，記者們忍不住大笑出聲。

「原來您是人稱權力直逼造物主的屋主啊。能請教授介紹一下店內陳列的書籍嗎？」

「當然沒問題。」

柳名優推著輪椅，不疾不徐地介紹店內陳列的書籍。無論是在如牆般高聳的書架間穿梭，還是在靠牆的書架邊來回打轉，他都能輕鬆操控輪椅來去自如。介紹告一段落後，記者問：

「這裡的書就是全部的收藏了嗎？」

「當然不是。」

「剩下的在哪裡？」

「其實最貴、最有價值的書我並沒有擺出來。」

「究竟是什麼書，讓您這麼小心翼翼地保存呢？」

柳名優露出一個耐人尋味的微笑，接著突然吟起詩來。

草地，草地，結縷草地。

深山老林的那片紅火，
是已故之人墳上的結縷草。

春天來了。春光來了。
在柳樹梢，在柳枝頭。
春光來了。春天來了。
在深山老林的結縷草。

記者們並不明白他突然吟詩的用意。

「這是誰的詩？」方才提問的記者問道。

「是金素月的〈結縷草〉。收錄這首詩的那本書，就是我最有價值的珍藏，所以沒有陳列出來。」

這番說明令記者紛紛驚嘆。

「喔！似乎是很厲害的書呢！能請您透露一下書名嗎？」

「是一九二四年由平文館出版的《失落的珍珠》，目前韓國國內只有我持有這本書。」

「價格是多少呢？」

「二十年前我用五百萬韓元買下來，現在的價值應該是當時的十倍吧。」

「哇！真的很貴耶！這麼貴的書卻沒有陳列出來，是不是表示您不打算賣掉那本書？」

「不，只要能說服我為何需要這本書，我也會將它讓出。」

「免費嗎？但畢竟是您二十年前花五百萬韓元買下的書耶。」

「我認為書的價值實在不該以金錢衡量。」

「那您建議愛書人該用什麼方法說服您呢？」

聽了記者的問題，柳名優微微一笑。

「我這間書店採預約制。」

「預約制嗎？」

「如各位所見，這間書店並不大，而且也不是坊間向書商進書、讓讀者買書的店。所以有意買書的客人需要事先預約，在指定時間來訪，與我對談，讓我看見他對書的喜愛、為何想買下這本書的原因，我會審慎評估，再決定是否將書賣出。」

「這種經營模式真是前所未聞呢。」

採預約制經營，其實是為了揪出獵人。因為不知獵人會以何種面貌現身，柳名優認為需要一些時間觀察客人。過去十五年來，柳名優除了為復仇做足物質上的準備之外，也花了不少時間為自己做心理建設。他必須讓自己在面對殺害妻女的凶手時，也能冷靜地保持平常心。短暫沉浸在思緒中的他，被記者的聲音拉回現實，他推動輪椅前進，繼續介紹店內陳列的收藏品。採訪結束後，柳名優讓記者在店內自由拍攝報導用的照片。看著在店內走動的記者，他心中暗自祈禱，希望十五年前殺害他家人的凶手，一定要看見這次的採訪報導。

獵人花費幾天的時間將死去的獵物肢解，再將肉與骨分拆成小包裝，選擇在深夜裡丟到僻靜的深山或倒入下水道。頭部一直是他覺得最難處理的部位，這次他選擇以鐵鎚將頭顱敲碎，一部分分批混入每天都會丟棄的家庭垃圾，一部分選擇撒在住家附近的山上。撕毀的衣服則將血跡徹底清除，搭車到離家較遠處丟棄在回收箱或埋在山裡。這段期間，新聞曾花費很短的篇幅報導二十九歲的獨居上班族李女失蹤，警方已展開搜索的消息。獵人手上握有獵物的身分證，知道她叫李睿芝，老家在昌原，因此可以確知新聞報導的失蹤女子便是這次的獵物。

處理完屍體，獵人像舉行神聖儀式一般，先是打開排氣扇，再打開瓦斯爐燒掉女子的身分證件，最後用夾子夾起燒毀的證件殘骸丟入垃圾桶，為這次的狩獵劃下句點。雖然很想再次感受綁架到殺人整個過程帶來的快感，但為了躲避警方的追查，他至少必須休息半年。

離開處理獵物的倉庫，他本打算先去淋浴，後來還是決定上網瀏覽一下消息。查看網路消息時，獵人發現一則報導，提及柳名優教授的書店昨日開幕了。他很快掃過內文，發現裡頭提及《失落的珍珠》。在報導中看見這本書的名字，令他氣得渾身血液都要倒流。獵人可以確定無論是「記憶書店」這個店名的由來，還是當場吟誦《失落的珍珠》中金素月的詩作，都是柳名優在向自己發送訊息。而他決定接受這個挑戰。

五號客人。

客人在超過預約時間一分鐘後才出現在店門口。要造訪記憶書店，必須先上網預約日期與時間。一般只開放預約者單獨入內，除非陪同者是家人。申請預約成功後，申請人會收到一封簡訊，內容是有關參訪的注意事項。書店採預約制且有時間限制的消息傳開來後，引發各界批評，但柳名優一律選擇忽視。畢竟他的目的並非賣書，而是一一細察來訪的客人並從中找出獵人。透過監視器看見站在門口的五號客人，是個戴著狩獵帽，約莫四十歲出頭的男性。假設十五年前獵人是二十五歲上下，那麼現在也差不多是四十歲左右，而且這名男子的眼神令柳名優感到莫名熟悉。一想到男子的眼神與那天遭遇的獵人有些神似，柳名優不自覺緊張了起來。男子頭戴褐色狩獵帽，上身穿深色襯衫，他先是四處張望了一下才輸入大門密碼。男子一踏入店內，柳名優便立刻從櫃檯旁推著輪椅上前迎接。他來到客人面前，點了個頭跟對方問好。

「歡迎光臨記憶書店。」

「親自來到這裡，感覺真是神奇。」

置身陌生的空間，令男子感到有些拘束，他小心翼翼地上前，從自己的背包裡拿出名片夾。從一臉濃密落腮鬍與稍嫌粗魯的手部動作可以看出，五號客人並非長時間坐在辦公室的上班族。名片上寫著「木匠金成坤」，證實了柳名優的猜測。柳名優接過質感如粗糙木頭的名片，拿在手裡仔細端詳了一番。

「原來您是木匠師傅啊。」

「我還不能說是師傅，只是個小木匠。以前是在科技業上班，今年只是我轉行當木匠的第十年。」

「這兩份工作的性質差異很大，您真有勇氣。您覺得現在的生活有趣嗎？」

「還是一樣被老婆管得死死的，平常還要花時間照顧小孩。而且當木匠的收入也只有過去薪水的四分之一。」

「唉唷，跟我很像呢。」

柳名優開了個玩笑，金成坤手摸著下巴的鬍子吐了個舌頭，傻傻地笑了笑。

待他收回笑容，柳名優問道：

「您是來看什麼書的呢？」

「您上傳到網頁上的書目當中，有一本叫做《朝鮮的脈搏》1。」

「是無涯梁柱東先生所寫的書，請往這邊走。」

柳名優指引金成坤往靠牆的書架前進，兩人來到右側偏中間處的書架。放在玻璃盒內展示的《朝鮮的脈搏》封面泛黃，封面中央的書名除了「的」字以韓文書寫之外，「朝鮮脈搏」四字均是漢字。封面插圖是象徵朝鮮的石塔、城門與船，右上與左下兩處則利用韓文字畫成獨特的類幾何圖案。封面中央偏下處，畫著一名穿裙子的女性與體型較小的男性。柳名優對跟在他身後朝書架走來的金成坤說：

「這本書一九三二年由平壤文藝公論社出版，是梁柱東先生的詩集。他是知名的韓國語文學者，同時也是名詩人，這也是他的第一本詩集。」

簡短介紹書的背景後，柳名優便退到一旁，讓金成坤能好好觀賞書本。金成坤來到柳名優方才停留的位置，一手摸著鬍鬚一手捧著玻璃盒仔細端詳。柳名優在旁仔細觀察，雖然金成坤體格偏瘦小，但或許是因為職業的關係，身材卻看來相當精實。他說話帶點混濁的中低音，乍聽之下雖與十五年前自稱獵人的男子有些不同，但也可能因為某些緣故導致多年後嗓音產生改變。仔細研究書本好一會兒，金成坤開口問：

「這本書的狀態如何？」

「保存狀態可說是極好。雖然已經沒有了最外面的封皮，但除此之外沒什麼損傷。這本詩集收錄梁柱東先生自一九二二至一九三二這十年間的詩作，另外還收錄了他翻譯的兩首詩。可說是一本特別版詩選，正文前的扉頁還有畫家林龍鎮的作品，收藏價值極高。」

「一九三二年正好是梁柱東先生創辦的《文藝公論》發行量達到高峰的時期吧？聽說當時梁柱東先生也兼任崇實專門學校[2]的教授。」

---

1 一九三二年平壤文藝公論社出版的詩集，收錄五十一首詩人兼文化評論家梁柱東（양주동，1903-1977）的詩及兩首翻譯詩。

2 現今韓國崇實大學前身。最初為一八九七年設立之崇實學堂，一九〇六年成為韓國第一所四年制大學。日本殖民時期受殖民政府逼迫，更名為崇實專門學校。

聽完金成坤的話，柳名優點了點頭。

「沒錯。一九二八年，二十六歲的梁柱東先生從早稻田大學英文系畢業，立即獲聘成為崇實專門學校的教授，隔年便創辦了《文藝公論》。看來您非常關注梁柱東先生。」

「我的老家在慶州，所以對鄉歌[3]非常有興趣，因此自然會接觸到這方面的資訊。」

雖然故鄉是慶州，但金成坤說話卻使用道地的首爾腔。獵人同樣也是一口道地的首爾腔，而且兩人眼神十分相似，這點特別引起柳名優的注意。注意到柳名優的眼神有些疑惑，金成坤笑了笑說：

「我國中一畢業就來首爾了，住在首爾的時間反而比在慶州的時間更長，所以首爾腔才說得這麼標準。」

「原來如此。不過您是怎麼知道這本書的呢？」

「因為我對梁柱東先生很有興趣，便深入去調查，才發現他也是詩人，還發行過詩集。其實我很久以前就知道這本書的存在，所以一直在四處打聽它的下落。」

「我是在三年前一場拍賣會中買到的。」

聽完柳名優的話，金成坤的表情略顯苦澀。

「我也參加了那場拍賣會，但因為這書的定價本來就很高，我根本無法出價競標。當時的得標者就是您吧？」

「沒錯。您來是想買下這本書嗎？」

「其實……」

金成坤欲言又止，接著嘆了口氣看向柳名優。

「我現在的經濟狀況比那時候還要差。」

「真是太遺憾了。」

「無論我怎麼努力工作，賺到的錢仍然非常有限，我知道自己根本無力買下這本書，所以才申請來書店，想說至少親眼看看這本書。」

3　流行於新羅時代至高麗時代初中期的一種文學形式，大多數作品於新羅時代創作，而慶州就是新羅王朝的首都。梁柱東為知名鄉歌研究學者。

金成坤說這番話時看似十分冷靜，眼神卻透露著不安。人內心感到不安或有意隱瞞真相時，經常會有這種反應，這讓柳名優感到非常有趣。

「您還是很想要這本書吧？」

「老實跟您說……」

金成坤有些遲疑，手摸著鬍子，眼睛卻在柳名優與《朝鮮的脈搏》之間來回穿梭。

「我想問您，願不願意把這本書送給我呢？」

這意外的提問讓柳名優輕笑了起來。

「我也很珍惜這本書，為什麼要送給您呢？」

「知識必須分享。如果我擁有這本書，我會積極向人們介紹梁柱東，也會努力將書中資訊分享給外界。分享知識不就是書的本質嗎？」

「我認同您的看法，不過隨便開口要求別人贈書，我覺得有些失禮。」

「新聞報導明明說您表示可以送書的。」

金成坤皺著眉，柳名優答道：

「沒錯，不過前提是要成功說服我。您二話不說便要求贈書，應該不能算是說服吧？」

柳名優雙手放在輪椅扶手上，抬頭看著金成坤。金成坤聳了聳肩道：

「每件物品都有合適的主人，我並不認為花錢買下一樣東西，就能說自己是那樣物品的主人。」

「花錢購買並持有一項物品，是人類歷史中悠久的傳統，我為了遵循這項傳統，確實也支付了相當龐大的費用。」

柳名優推動輪椅來到金成坤身旁，與他一同看著《朝鮮的脈搏》。

「任何有意脫離這項傳統的嘗試，都會受到法律的制裁。」

「您認為自己有資格擁有這本書嗎？」

這個問題既挑釁又具威脅性，柳名優卻從容不迫地答道：

「我付了足夠的錢，也有一顆熱愛古書的心。這樣的回答您滿意嗎？」

金成坤想了想，接著搖搖頭說：

「不滿意。」

「真是遺憾。我想我們談到這裡就夠了。」

「請把書讓給我吧。」

「看您是要付錢購買，還是試著說服我。只要滿足兩者之一，您就能成為本書的主人。」

「我實在不是個能言善道的人，不知道該怎麼說服您啊。」

聽完金成坤這句話，柳名優目不轉睛地盯著他。金成坤說這句話究竟是在挑釁，還是單純情急之下說出未經修飾的心裡話，柳名優實在無從判斷。不過金成坤確實有許多需要仔細觀察之處，放走他實在可惜。

「不如這樣吧。」

柳名優將輪椅向後推，讓出給金成坤移動的空間。

「您有空的時候，可以常來這裡走走。」

「然後呢？」

「跟我聊聊天，慢慢說服我，您覺得如何？」

金成坤摸摸鬍子，短暫思考之後點了點頭。

「我知道了。第一次來訪就請您將書送我，真是非常抱歉。」

「我能理解，畢竟我也經常因為無力買下想要的古書而煩惱。」

兩人簡短道別後，金成坤便離開書店。柳名優靜靜看著他離去的背影，從肢體動作能看得出來，他已經沒有剛到訪時的猶豫和遲疑。也許是因為已經親眼看見《朝鮮的脈搏》，也向柳名優表明自己的來意，他不再需要有所遮掩，才會在離開時顯得較為從容。

十號客人趙世俊來到店門口。

柳名優見他出現，隨即想起在審核資料時便覺得他有些獨特。趙世俊在申請書上介紹自己是影片創作者兼作家，文字給人的感覺十分輕率，且似乎有刻意隱瞞許多事情。從文字敘述中感覺不出來他很愛書，也沒特別提及想看哪本古書，甚至反倒要求柳名優推薦幾本。他戴著無框眼鏡、穿著刻意弄出破洞的牛仔褲配一雙拖鞋，手持架著手機的穩定器站在店門口。見他這副模樣，柳名優透過對講機說：

「我似乎已經提醒過您，店內禁止攝影。」

「但我頻道影片觀看數都很高……」

他嘗試以觀看數說服柳名優破例讓他拍攝，但柳名優立即打斷他。

「不行。請把手機從穩定器上拔下來放在口袋。」

趙世俊這才不情願地將手機取下放入口袋。見訪客乖乖聽話，柳名優才解鎖開門。趙世俊開門進入店內，卻停在門口環顧室內環境。柳名優注意到他的身高與獵人相似，不過體型較壯碩，肩膀也較寬。雖然距案發已十五年，體型改變是很正常的事，但考慮到人類成年後身高不易有顯著改變，因此身高相符這點，大大提高了他是獵人的可能性。柳名優推著輪椅來到趙世俊面前。

「歡迎光臨記憶書店，我是柳名優。」

「我是作家趙世俊，也有經營影音頻道。」

「您的頻道名稱是什麼呢？」

「『趙作家的書本與犯罪故事』。其實原本是個沒什麼人看的頻道，但之前我介紹了華城連續殺人事件[4]，觀看數就開始增加了。」

「您是推理小說家嗎？」

「也不算啦，就只是寫些有的沒的，但會特別關注犯罪題材。」

「要兼顧兩種身分，應該很辛苦吧？」

趙世俊尷尬地笑了笑。

「其實出版業不景氣很久了，也只好兼差養活自己。我知道教授您的書都很暢銷，不過您的情況應該算是例外。」

柳名優仔細觀察著趙世俊：他說話時身體不停扭動，看上去就像有注意力不集中的問題。年約三十出頭，從這點來看，他是獵人的可能性並不高。不過由於申請書上只要求填寫姓名、來訪目的與電話號碼，僅憑有限的個人資訊與外表，實在難以做出精準的判斷。更重要的是，他雖然對古書不怎麼有興趣，但柳名優總覺得有些可疑。一想到可能是獵人為了隱瞞身分，而刻意裝出對書漠不關心的態度，柳名優便覺得不能大意，反而觀察得更加仔細。趙世俊似乎完全沒有察覺柳名優的疑慮，只是自顧自地參觀，雙手還焦躁不安地搓著大腿。

「您申請時似乎沒特別提到想找什麼書，對吧？」柳名優問。

「因為我對書沒有特別愛好。老實說，書放太久會有味道，紙張也會變色，卻要花上百萬、千萬去買，我實在不能理解。」

「您說您是作家，我以為您會非常愛書。」

---

4 韓國在一九八六至一九九一年間發生的知名連續殺人案。

「其實……」

他遲疑了一會，才尷尬地笑了笑說：

「我只是喜歡寫作，並不喜歡書，而且最近光是拍攝、剪接影片就忙不過來了，實在沒時間顧及寫作。」

「您說的有道理。那不如由我為您推薦一本書吧？」

「拜託您推薦便宜一點的書。」

「我們這邊請。」

柳名優推著輪椅，往左側書架後方移動。那裡沒有陳列任何玻璃盒，而是擺滿了書。他將輪椅側轉靠在書架邊，伸出手指輕點架上的陳列，最後抽出其中一本書。

「您是作家，這本書很適合您。」

趙世俊接過那本書，推了下眼鏡仔細看著封面。

「我認識的漢字不多，不過能看懂文學兩個字。」

「另一邊才是封面。」

聽柳名優一說，趙世俊立刻將書翻面並小聲地說：

「我以為這是封底，原來是封面嗎？」

「以前的文字是直書不是橫書，所以閱讀方向跟現在相反。」

趙世俊翻開手上的書，一臉驚訝道：

「真的耶。」

「這是文學社於一九六六年五月發行的雜誌《文學》創刊號。」

「哇，發行都超過五十年了。」

趙世俊雖發出驚嘆聲，眼神卻沒有流露出一絲興趣。這讓柳名優很好奇他的真實想法。

「雜誌中刊登了作家崔仁勳所寫的〈西遊記〉。順帶一提，崔仁勳最知名的作品是小說《廣場》。另外還有青鹿派代表詩人朴木月[5]等人的作品。因病而許久沒有創作的作家許仁勳，也藉這本雜誌發表短篇小說〈漁人與大雁〉宣告回歸

---

5 박목월（1916-1978），曾任漢陽大學韓文系教授兼院長、詩人協會會長、詩刊發行人，是頗具影響力的詩人兼學者。前述「青鹿派」就源自他與朴斗鎮、趙芝勳合著的《青鹿集》。

文壇。」

「《文學》雜誌書如其名，在文學史上扮演重要的角色呢。」

一看趙世俊生硬的表情，柳名優便知道他沒能聽出剛才那段話中摻雜了假訊息。柳名優接過書，將書重新放回架上。

「那本書要多少錢？」趙世俊問。

「三十萬韓元。」

「真的嗎？怎麼會這麼貴啊？」

「因為是創刊號，且收錄了崔仁勳跟朴木月的作品。」

柳名優面帶微笑看著書架回答：

「要再看看別本書嗎？」

「不用了，沒關係。」

趙世俊果斷拒絕，且有些焦慮地左顧右盼。柳名優察覺異狀，便推動輪椅稍稍向後讓出空間。

「您特地預約來訪，卻對書一點興趣也沒有，真是奇怪。」

這番話令趙世俊面露難色。他靠到柳名優身旁，陌生人突然靠近令柳名優吃了一驚，瞪大眼看著趙世俊。只見趙世俊欲言又止，猶豫許久才開口說：

「其實我是對教授您本人有興趣。」

「這話是什麼意思？」

「和我合作，一起寫本書吧。」

柳名優沒有立即回應，只是看著趙世俊。他趕忙補充道：

「合著書籍版稅應該要五五對分，但我可以稍微讓步。」

「您想寫怎樣的書呢？」

「什麼書都可以，跟古書有關的故事也好。」

「我目前沒有寫書的計畫。雖然您的提議很有趣，但請容我拒絕您。」

「其實我很好奇十五年前那起事件，因為我正在構思的故事主題，恰巧跟沒能抓到犯人的懸案有關。我的偶像是以犯罪紀實文學聞名的作家楚門．柯波帝。」

趙世俊這番話讓柳名優的表情瞬間僵硬。那起悲劇是他歷歷在目的切身之痛，竟被他人當成賺錢的寫作素材，實在是無奈至極。趙世俊沒能察覺異狀，誤以為柳名優對這提議很感興趣。

「在那起案件中，警方首度現場調查沒有找到任何證據，因而錯過逮捕犯人的黃金時機，我想讀者肯定會對此非常感興趣。」

擔心會浪費太多時間在這個話題上，柳名優立即打斷他。

「我沒興趣。」

見柳名優的反應不如預期，趙世俊連忙改口：

「其實我也不打算立刻開始寫，目前還在籌備期，您要是改變想法就跟我聯絡吧。」

趙世俊用幾句場面話打了圓場，便跟柳名優道別離開書店。等趙世俊的背影消失在監視器畫面上，柳名優才終於鬆了口氣。方才那段互動令他想起已逝的家人。他一直認定自己是那起悲劇的始作俑者，事發當日明明能好好跟家人溝通，但飛機延誤等意外讓他失去耐性，才氣急敗壞地對家人大呼小叫。行經隧道被打橫停在路中央的車擋住去路時，要是能好聲好氣請對方把車移開，那傢伙也許就不會殺人。或是聽太太的話改走其他路，就能徹底避免一家人遭遇禍事。每每憶起當年，這些想法就在腦海中盤旋，令他頭痛欲裂，自責不已。柳名優回到櫃檯，按下設置在一旁的呼叫鈕。開業前他便聘用了一名職員，平時都在二樓待命，當他出外辦事或休假時，則由這名職員代為顧店。稍後，被呼叫的職員來到柳名優面前。柳名優打開一旁的另一扇門後，交代說：

「我要休息一下，你幫我顧一下店。」

「好的。」

柳名優推著輪椅繞過進入櫃檯的職員，從後門離開書店。

他進入的那一扇門通往一道向上的階梯，梯旁設有小電梯，是他買下這棟樓後特別請人安裝的。他讓輪椅掉轉了一百八十度，以後退方式靠近電梯。電梯門邊感應器偵測到有人靠近，便自動開了門。一進電梯他便按下二樓的按鍵。電梯按鍵為配合輪椅高度而設在較低的位置，以方便他輕鬆在樓層之間來回。出了電梯來到二樓走廊，最靠近電梯的第一個房間便是他的休息室。進入房內，他躺到門旁的簡易折疊床上。每當需要沉思，他就會躺下並用手遮眼隔絕光線，還試著調整呼吸以恢復平靜。三十分鐘後又要接待下一名客人，他得趕緊平息情緒。

他會先看過申請書來篩選客人，若申請書的內容有些可疑之處，他便會約客人到店內，透過實際對談蒐集更多資訊，因為十五年前的犯人很可能就在申請預約的客人之中。稍稍恢復平靜後，他又坐輪椅搭電梯回到書店。在櫃檯看書的職員見他進門便問：

「您不多休息一下嗎？」

「躺了一下，現在好多了，你上去休息吧。」

職員闔上書，低著頭從後門離開。柳名優回到櫃檯就定位，等待下一位客人來訪。不久後電鈴響起，柳名優看了下監視器畫面便按鈕開門。

十九號客人有一張圓滾滾的臉、粗壯的脖子，他穿著非常合身的襯衫，外表看起來和獵人毫無相似之處。不過他跟十號客人趙世俊一樣，對書沒什麼興趣，一進到店內就只是東張西望。這人右臉跟左臉相比稍嫌腫脹，下巴有幾根沒刮乾淨的鬍鬚，邋遢的模樣令人有些在意。相較於看書，十九號客人花費更多時間觀察書店內部的擺設與柳名優本人。他的年齡看上去是三十五歲至四十歲出頭，符合柳名優對獵人的年齡推測。不過他身材肥胖，動作又頗為遲緩，獵人則是體型偏瘦且手腳俐落，從這點來看兩人差異極大。不過這麼多年過去，人的外表確實有可能大幅改變，這並不奇怪。突然，柳名優注意到客人外八字的走路方式，這跟獵人幾乎一模一樣。以防萬一，他決定更仔細觀察。就在這時，男子無預警地將手放入口袋，這動作讓柳名優嚇了一跳。幸好他只是從口袋裡拿出一根棒棒糖，粗魯地剝開包裝紙並放入嘴裡，然後看著柳名優尷尬地笑了笑，還傻呼呼地搔著後腦杓。柳名優一靠近，他便主動攀談。

「教授您好。之前都只在電視上看到您，現在能見到本人真是開心。」

「謝謝您特地前來拜訪，請問怎麼稱呼？」

「我叫金曉。媽媽說我是在破曉出生，所以取名叫曉。」

金曉露出一個討喜的笑容，又看了整間書店一眼。柳名優發現金曉呼吸粗喘且非常大聲，似乎是有些呼吸道方面的問題。

「這間書店真酷。」

「畢竟是我打算用來度過餘生的空間，所以特別用心規畫。」

「我沒想到您真的會開書店。」

「我是個信守承諾的人。」

金曉這句話似乎是在質疑柳名優的誠信，讓他不太愉快，因此他刻意提高音量回答。不過金曉似乎有些遲鈍，並未察覺柳名優的不悅，依然帶著傻笑在店內四處參觀。柳名優不想再耗時間，便單刀直入地問：

「您想找什麼書呢？」

「我沒有特別想找的書，因為我也沒錢買，我只是想來參觀。」

說完，金曉笑得更開了。柳名優不明白，店內販售的都是古書且採預約制，無論買不買得起，來訪的都是有一定相關知識的愛書人。他們至少會提到自己喜歡什麼書，而金曉卻說只是來參觀，怎麼想都很可疑。如果是獵人偽裝，肯定不可能主動說自己愛書。金曉終於察覺了柳名優的不悅，表情有些尷尬起來。

「如、如果有合適的書，還請您推薦給我。」

說完後停了一下，連忙補充道：

「要便宜的。」

柳名優想了想，便推著輪椅往櫃檯附近過去，抽出書架上的一本書遞給金曉。書的封面是一名表情有些高傲的短髮女子。金曉似乎想先確認價格，翻看了一下才低聲說：

「《阿里郎》的小說？羅雲奎[6]的電影是改編自小說？」

「您知道那部電影？」

「我常關注一些有的沒的。」

金曉笑了笑，自顧自地翻起書來。柳名優乾咳了幾聲引起金曉注意，並開始介紹起書的背景。

「《阿里郎》雜誌在一九五〇年代創刊，發行後大受歡迎，而這本書就是該雜誌的臨時增刊號。當時由三中堂書店負責印刷。」

「居然這麼受歡迎？」

「一九五五年八月發行的創刊號據說銷售超過三萬本，此後每一期的銷售數字都有微幅成長，巔峰時還曾一口氣印了八萬本呢。」

「是非常暢銷的雜誌耶。」

金曉睜大眼，重新翻開書仔細閱讀目錄。經過剛才這麼一番激動，他的呼吸聲聽起來似乎更喘了。

「《人間的條件》？」

---

6 나운규（1902-1937），活躍於一九二〇年代至一九三〇年代的男演員兼導演。《阿里郎》是他自編、自導、自演的反民族壓迫電影。

「那是由一位名叫五味川純平[7]的日本作家所寫的反戰小說。一九五五年在日本發表，一九五八年改編成電影後大受歡迎。」

「原來當時韓國就會引進日本小說了啊。」

金曉將書闔上，柳名優伸手接過那本書。

「當時日本小說的名聲，都是靠大家口耳相傳建立起來的。這本《阿里郎》臨時增刊號的副標題是『當代日本經典二十選』，是特別介紹日本小說的增刊號。」

「真是新奇。」

嘴上這麼說，但金曉的眼神和動作卻不帶一絲興趣，甚至連敷衍地問問這本書要價多少的意思都沒有，這讓柳名優有些不耐煩，卻又想繼續觀察下去。

「請問您來這裡，是不是有其他目的呢？」

「其實我對書沒什麼興趣，只是想來看看。」

「對書沒興趣，您還是特地預約了呢。」

柳名優沒有直接提出疑問，而是以眼神示意對方回答。沒想到金曉突然發瘋似的不斷抓搔自己的右手掌，過了好一陣子才停下動作。他雙手一邊摩擦著褲子一邊回答說：

「因為我想滿足自己的好奇心。我說這話可能會讓您有些不高興，我是對書沒有什麼興趣，但這世上除了書之外，其實還有很多值得關注的事情。」

「我想知道您來這裡的理由。」

「因為我想親自見您一面。」

金曉的回答讓柳名優有些緊張。

「為什麼想見我？」

「我也去過法國留學，雖然時間不長。」

「您是去法國的哪裡呢？」

「我去巴黎。不過不是正式留學，只是短期進修語言而已。其實我根本不想去，是我媽媽一直要我去……」

金曉說到一半便含糊帶過。他的神情與說話方式，都讓人感覺他似乎有些自

7　五味川純平（1916-1995），日本小說家，本名栗田茂。

卑，這與獵人的形象並不相符。不過十五年的時間確實足以徹底改變一個人，因此也不能完全排除他是獵人的可能性。

「我媽媽總說，要我成為像您這樣的人。她希望我像您一樣，無論生活遭遇任何困難也絕對不放棄。她還說做人一定要有自信，而我就是不夠有自信。」

金曉似乎是有什麼委屈，但柳名優覺得不太方便追問下去，畢竟談話內容要是偏離原本的主題，很可能會變得非常難收尾，而且他唯一在乎的事，只有金曉究竟是不是十五年前殺害家人的凶手。金曉顧左右而言他的模樣，反而更讓柳名優起疑。他心想，眼前這人雖假裝什麼都不懂，說對書毫無興趣，不過在這種事情上撒個謊並不是什麼難事。如果這人真是獵人，肯定早就做好萬全準備以因應任何情況。獵人可不蠢，絕不會像當年那樣，任意暴露自己對書的熱愛。柳名優注視的眼神令金曉有些不自在，便把頭微微轉向一邊，撇著臉說：

「謝謝您的介紹。」

他轉身準備離開，這時柳名優急忙開口。

「歡迎您以後常來參觀。」

「我不太喜歡書，不知道還會不會再來。」

金曉雖露出一個苦笑，可神情中卻透露出一絲難以言喻的喜悅。柳名優推動輪椅，往金曉身旁靠過去。

「凡事都有第一次，多接觸說不定就會有興趣了。以後您來可以不必預約。」

「來這裡會發生什麼有趣的事嗎？」

一般人面對這種情況，通常只會禮貌性地道個謝，金曉卻表現出很有興趣的模樣，甚至有些焦躁不安地咬起指甲。這一反常態的舉動，加深了柳名優對他的懷疑。為了確保金曉一定會再來訪，柳名優張開雙手擺出歡迎的姿態。

「我會跟您分享一些有趣的古書小故事，也會帶您參觀店內展示的書籍。」

「我知道了。」

金曉這次只是簡單回應，沒再多說什麼，眼神則不時看向店門口。柳名優向他道別，並將輪椅轉向櫃檯，結束這段對話。

金曉含糊地向柳名優道別後離開書店，柳名優則繼續準備接待第二十號客人。這組客人是一對父子，也正是這點吸引了他的注意。十分鐘後，一名個子高大，年約四十出頭，看似十分爽朗的男子，帶著一名有些羞怯，年約五、六歲的男孩準時出現在書店門口。柳名優為兩人開門後，便推著輪椅上前迎接。穿著白色褲子的父親帶著歡快的笑容進門，在一旁的兒子則始終低頭看地板。男孩穿著黃色襯衫配吊帶褲，神情怯懦地抬頭看了看柳名優。父親見狀，便拉著兒子的手將他推到柳名優面前。

「龍俊，爸爸說看到大人要做什麼？」

「要打、打招呼。」

結結巴巴地打完招呼後，龍俊便尷尬地低下頭，一旁的父親大笑了幾聲。

「他年紀還小，很怕生。」

「這年紀的孩子會怕生很正常。歡迎光臨記憶書店。」

「沒想到您真的開了間書店呢。對了，我叫吳亨紀，不是五兄弟，是吳亨紀。」

面對吳亨紀有些無厘頭的玩笑，柳名優禮貌性地笑了笑，心裡則在回想先前似乎也曾接待過個性與吳亨紀類似的客人。無論個性如何，來者是客，他面帶笑容地回說：

「其實上電視真的不太適合我，所以我一直都在準備開店。」

「原來如此。我從您剛開始上電視時就很關注您了，您的第一個節目應該是

《書本共和國》吧？」

雖然他的第一個節目並不是《書本共和國》，但柳名優也不想多在這話題上停留，只是點點頭帶過。一陣寒暄過後，吳亨紀開始掃視牆邊陳列的書本，見兒子龍俊已露出厭煩無趣的表情，不難猜想來訪書店是誰的主意。柳名優輕咳幾聲吸引吳亨紀注意，問：

「您想看哪本書呢？」

吳亨紀低頭看向無精打采的兒子。

「請問有適合跟孩子一起閱讀的古書嗎？」

「令郎喜歡讀書嗎？」

吳亨紀似乎沒料到柳名優會這麼問，表情變得有些僵硬。

「當、當然喜歡。」

感受到父親的注視，原本低著頭的龍俊反射性回答：

「我、我很喜歡書。」

柳名優從龍俊的眼神中看見一絲恐懼，他無奈地輕輕搖頭。一般常遭斥責的孩子確實多少會害怕父母，但他卻能從龍俊的眼神中，讀出一些不尋常的恐懼。

為了不讓吳亨紀發現自己注意到異狀，他隨即搭話。

「因為一般的小孩都喜歡玩遊戲、上網更勝讀書，所以我才這麼問。我推薦一本書給兩位吧？」

「這是我們的榮幸。」

「孩子會喜歡的書啊……」

柳名優推著輪椅來到龍俊身旁，溫柔地問：

「你喜歡漫畫嗎？」

這次男孩沒有回答，而是看了看身旁父親的臉色。柳名優用表情示意龍俊別怕，同時想拉他的手臂，這讓龍俊嚇了一跳，立刻躲到父親身後。見到這幅情景，吳亨紀露出苦笑。

「唉呀，這孩子今天是怎麼了？」

龍俊害怕地躲在父親身後，吳亨紀卻粗魯地將他推到柳名優面前。

「在名人面前，你這像什麼樣子啊？」

氣氛瞬間冷了下來，孩子一副當場就要放聲大哭的表情。吳亨紀不僅沒趕緊安撫，反而瞪大了眼，語帶威脅地要他不准哭，龍俊才硬是將眼淚收了回去。眼前的情景令柳名優很是驚訝，他看著吳亨紀，吳亨紀竟大笑出聲。

「我兒子雖然有點怕生，但他很聽話。他很乖，跟其他的小孩不一樣。」

吳亨紀的發言與行為讓柳名優不禁想，獵人應該也會用這種方式管教自己的孩子。為了多觀察一些時間，柳名優決定先介紹書給這對父子。他推著輪椅往牆邊去，指著架上的幾本書，問小跑步跟在後頭的龍俊說：

「你喜歡漫畫嗎？」

龍俊含糊地點點頭，再看向身後的父親。孩子一直看父親臉色這點讓柳名優相當在意，但他仍故作鎮定地清了清喉嚨，抽出一本書拿給龍俊。那是一本漫畫書，封面上能看見主角身著嫩綠色上衣，腳穿黑長靴，頭戴白布巾與黑眼罩，背對著大海獨自站在海灘上。這時孩子才第一次主動開口說話。

「好像蝙蝠俠喔。」

「這個故事應該是受到蝙蝠俠的影響，因為蝙蝠俠也在故事裡客串了。」

「真的嗎？」

龍俊雙眼發亮，柳名優笑答：

「你有看到主角的白色頭巾上，寫著『萊』吧？」

「有。」

「因為主角叫萊派，所以才這樣寫。這本書叫做《神祕的十字城與萊派》[8]。」

「他是超級英雄嗎？」

「沒錯，他可以說是韓國漫畫史上第一位超級英雄。故事內容是在遙遠的未來，失去了爸爸媽媽的萊派被一位科學家扶養長大。但後來就連這位科學家，都被想征服世界的壞蛋集團Z軍團殺害。萊派決定要報仇，便利用太白山祕密基地裡的武器與裝備對抗敵人。」

「哇，他一定很帥！」

龍俊雙眼發亮開心回應，柳名優溫柔地翻開這本漫畫。

「裡面還有能飛上天的噴氣背包和雷射光線槍。而且萊派搭的燕子號，還是全世界速度最快的飛機喔。」

龍俊聽得十分入迷，這時吳亨紀忍不住插話。

「這書看起來很老了，是什麼時候出版的呢？」

「這是一九五九年出版的漫畫，分四部，共有三十二集。」

「真的很久了耶。」

「在那個社會動盪又壓抑的年代，這種漫畫能出版本身就是個奇蹟。作者金三浩後來移民美國，也就沒人繼續畫像《萊派》這樣的科幻漫畫了。」
「這不是漫畫，根本是國家文化財產了。」
「二〇〇三年時，富川漫畫資訊中心曾經復刻出版這系列的部分集數，不過每集都只印了一千本左右，現在要找也不容易。」
「既然這是原版，應該更珍貴吧？」
柳名優點點頭，低頭看著手上的《萊派》答道：
「一九七〇年代到八〇年代，社會普遍認為漫畫是不良讀物，會對小孩造成負面影響，每到兒童節便常有焚燒漫畫的活動。也因此即便《萊派》很受歡迎，全系列三十二集加起來，目前僅存的原版書也頂多只有十本。」
「天啊，想必要價不菲吧？」
吳亨紀似乎有些為難，柳名優想了想，看著一旁閉口不發一語的龍俊說：

---

8 韓國科幻漫畫，於一九五九至一九六二年期間連載。

「不如這樣吧，以後你們常來書店跟我聊天，我願意用我認為合理的價格，把這本書賣給你們。」

「好。我們就住在這附近，應該可以常來。」

吳亨紀連忙答應，說完後還低頭看了看兒子。一感受到父親的視線，龍俊反射性地縮了下身子，然後才點點頭表示同意。吳亨紀掐住兒子的後頸說：

「要開口用講的啊，為什麼像隻不會說話的狗一樣只點頭？」

「我知道了。」

聽見龍俊開口回答，吳亨紀才放開掐住他的手。

「謝謝您這麼關照我兒子。他會讀書又很聽話，但就是個性太害羞了。」

「我看得出來。」

吳亨紀花了點時間細數龍俊有多麼令他驕傲，只是柳名優卻發現龍俊的眼神飄忽不定，似乎相當不安。炫耀告一段落，吳亨紀溫柔地摸摸兒子的頭，並提議今天參觀到此為止。龍俊生硬地向柳名優道別，柳名優則是和藹地回應，並跟吳亨紀又寒暄幾句才送走了兩人。這對看似親密的父子檔一踏出店門，柳名優立即回到櫃檯透過監視器監看兩人的情況。當初裝潢書店時，柳名優便在大門與戶外各個可能的視線死角裝設監視器，因此他很快透過螢幕捕捉到這對父子的身影。吳亨紀沒有帶著兒子往大馬路的方向走，而是走向書店旁的小停車場。那停車場只有正面一個入口，其他三面都有圍牆阻擋，路人不容易看見裡面的狀況。吳亨紀帶著兒子走進停車場，從畫面上能看出他雙手叉腰看著兒子，龍俊則低著頭雙手發抖。吳亨紀背對監視器，使柳名優看不清楚他的表情，但多虧了面對鏡頭的龍俊，柳名優能輕易想像出發生了什麼事。只見吳亨紀說了幾句話，並舉起手大力拍了兒子的後頸好幾下。

「居然這樣打孩子。」

親眼目睹吳亨紀令孩子懼怕的管教方式，柳名優氣得七竅生煙。接著龍俊雙膝跪地，搓著雙手拚命向父親求饒。

「現在竟然還有父母會這樣打小孩？」

柳名優十分不解，掏出手機打算報警，但一個想法閃過腦海，他隨即停下動作。

「他會不會是獵人？」

十五年，確實足以讓一個人結婚組織家庭了。柳名優雖一方面覺得這想法荒謬至極，一方面又無法放下對吳亨紀的懷疑。

「這種想控制一切的強迫個性，的確有可能是獵人。」

雖說一個將殺人當家常便飯的傢伙組織家庭的可能性並不高，但他想起十號客人趙世俊曾說，當年的凶手很可能仍在持續犯案，或許凶手會為了擺脫嫌疑而刻意組織家庭掩人耳目。

「而且他一開始雖然對書興趣缺缺，但在經過介紹後，還是表現出特別關注《萊派》的態度。」

他的無知或許是為了隱藏自己對書的狂熱，刻意等到柳名優介紹過後才順勢加入話題。只是見兒子無法好好回答問題，令他感到不耐煩，這種反應能夠解讀為對書的執著，令他難以忍受兒子扭捏的態度。正當柳名優在腦中思索各種可能性時，監視器拍到吳亨紀大力賞了龍俊一個耳光。被打倒在地的龍俊想爬起來，吳亨紀卻洩憤似的再補了幾腳。龍俊無力地倒在地上，像個沙包似的任由父親蹂躪。吳亨紀停下動作之後，似乎下達了要兒子爬起來的指令，只見龍俊很快從地上爬起。這時吳亨紀終於消氣，摸了摸龍俊的頭，然後才雙手插入口袋，領著龍俊離開。走出停車場前還四處張望了一番，然後才往大馬路的方向走去。龍俊跟在父親身後，一邊擦著眼淚一邊偷偷觀察父親的臉色。柳名優氣憤地盯著螢幕，直到兩人身影消失在監視器畫面中，他才用力將握在手中的行動電話扔在桌上。

過去

夢中，獵人回到過去，回到他覺醒成為獵人的那日。他有個十分不幸的家庭，他還年幼母親就過世，熱愛蒐集古書的父親成天酗酒，下班返家總是埋頭翻看古書，絲毫不關心他。唯一照顧他的奶奶，在他升上國中之後便撒手人寰，讓他徹底無依無靠。他不喜歡獨自在家，總愛跑到家附近山裡抓昆蟲或小鳥來玩。他以拔下鳥翅膀或剖開動物肚子為樂，也會將抓來的蛾或蜻蜓夾在父親的書中，希望藉此博取父親的關注。但父親見到這些昆蟲卻總是大發雷霆，用拳頭和皮帶將他痛打一頓。

「該死的傢伙！小心你遭天譴，被住在書裡的鬼魂抓走！」

「這些都是祭品，我要獻給住在書裡的鬼魂。」

為了引起父親關注，他撒了謊，但父親卻更加憤怒。

「你這廢物是懂什麼！」

《失落的珍珠》是父親最最珍惜的書，也是他第一次以昆蟲獻祭的對象，祭品是隻美麗的蛾。父親氣憤地剝下黏在書頁上的蛾，隨手一放，還怒斥獵人這是在搞破壞。等年紀再大一些，他轉而殘殺街上的流浪貓狗。起初是刀子與鎚子並用，後來漸漸只用鎚子犯案。看著敲碎頭顱噴濺出的鮮血、動物身體顫抖後癱軟的模樣，他領悟到死亡是如此迷人且甜美。

多年後的一天，喝得酩酊大醉的父親一回家看到他便沒來由地破口大罵：

「都是因為你，書賣不出去了！」

原來是父親有意出售《失落的珍珠》，卻因獵人當年在書裡夾蛾留下了痕跡，導致交易失敗。如今獵人長大許多，逐漸老邁的父親雖不再動手打他，但仍會對他口出惡言。只是令獵人大受打擊的並非來自父親的責罵，而是父親竟想出售他極為珍愛的《失落的珍珠》。

「為何要賣掉這本書？如果住在書裡的鬼魂讓您遭天譴怎麼辦？」

「世界上才沒有那種東西，你這傻子！」

父親沒想到自己隨口胡謅的話，兒子竟如此深信不疑。譏笑了他幾句之後，父親準備回房。回房前父親想將《失落的珍珠》放好而來到書櫃前。醉醺醺的父親忽然一個踉蹌失去重心，反射性伸手抓住書櫃想穩住腳步，誰知道書櫃卻承受不住重量倒了下來。

「喔——呃！」

父親被夾在倒下的書櫃與另一個書櫃之間，發出痛苦的呻吟。

「救、救救我，拜託把我拉出來。」

此時的獵人正因為感到遭受背叛而大受打擊。他不但沒理會父親的求救，甚至還不停大聲喊著：

「你怎麼能賣掉那本書！那本書那麼珍貴！」

「對不起，我不賣了，不賣就是了。」

父親苦苦哀求，獵人只是冷酷地看了父親好一會兒，最後靜靜回房並將門關上。

「不行！你別走啊！」

獵人蜷縮在門邊，聽著父親的呼救聲持續到清晨。那一夜他發現，人類在生命逐漸消逝時發出的呻吟與哀號，竟能讓他產生前所未有的快感。

父親壓在倒塌書架下傷重不治，獵人領取身故保險金並處理掉與父親同住的房子後，成功擺脫了貧困的生活。他並不打算出售父親留下的許多古書，而且到了這時他才明白，他對書的熱愛不亞於父親。父親死後又過了幾個月，他越來越無法壓抑自己的殺人衝動。就在苦思該找誰下手時，他想起一位在仁寺洞經營古書店，常與父親交易古書的書店老闆。他記得父親不時痛斥那傢伙根本不懂書的價值，也正是那人打算買下《失落的珍珠》，卻又因為書有瑕疵而反悔。父親留下的手冊中，有筆資料看起來恰好是這名古書商的聯絡方式，上頭寫著書店名稱、電話號碼與老闆的名字。一旁還有一行小字畫上底線打了星號，寫著「會騙人的混帳」。獵人看著這行應是父親喝醉後寫下的字，決定選擇古書店老闆當他的第一個獵物。

「高廷昱先生，我們很快就會見面了。」

隔天，獵人用公共電話撥打至高廷昱在仁寺洞的店裡，表明要出售父親留下的古書《失落的珍珠》。那本書是年幼時的他首次以昆蟲獻祭的對象，對他來說具有重大意義。聽聞父親有意出售時，他的反應十分激烈，但這回只是將書當成引人上鉤的餌，並非真的要賣，所以他的心情相當平靜。

「是哪一年出版的書？」

「一九二四年平文館出版，裡面還寫了跟金素月有關的內容。」

「書況如何？」

「除了沒有封面跟封底之外，其他都還好，書上的文字也都還能閱讀。」

高廷昱遲疑了一會兒，才問獵人想賣多少。憑藉著從父親那學來的古書知識，獵人開口喊了五百萬韓元的價格。高廷昱嫌貴，砍價到三百萬韓元，經過幾次討價還價之後，兩人協議以四百萬韓元成交。高廷昱要獵人直接帶書到店裡，獵人以家住得較遠為由，提議改約在對他來說交通較為方便的新村見面。高廷昱雖有些不情願，但還是答應了。兩人約好在咖啡廳碰面後，獵人便出門赴約，背包裡放了《失落的珍珠》與一支扳手，出門前還順手抓了把小刀藏在身上。

獵人先抵達相約見面的咖啡廳，沒過多久便看見一輛黑色三星SM5抵達。一名男子下車進入咖啡廳，四處張望像是在找人。獵人直覺他就是高廷昱，便揮揮手向他示意。高廷昱頂著一頭鬈髮，鼻頭些微泛紅。他大步走到獵人面前，一見到他便說：

「你比我想像中的還年輕。」

「我其實是幫父親跑腿，因為他病了，我們需要籌住院費。」

「哎呀，真是可憐，快讓我看看書吧。」

高廷昱在獵人對面坐下，翹起腳伸手向獵人討書。獵人隨即從一旁的背包裡掏出《失落的珍珠》，卻不小心把扳手也一起抽了出來，差點就要露出破綻。幸好高廷昱正在向一旁的店員點餐，沒注意到這件事。高廷昱接過書後便開始檢視書況，他十分專注，就連咖啡端上桌都沒有分心。

一拿到獵人欲出售的書，高廷昱就開始挑毛病。

「褪色太嚴重了，扉頁上還有塗鴉，這裡也沾到類似油漬的東西，你怎麼都沒先說？」

獵人沒做任何辯解，只是老實地道了歉。心想反正也沒打算把書讓出去，就任他挑剔。高廷昱隨即表示書況不佳，收購價格應該比當初開的價再少一百萬韓元，獵人也假裝答應了。

「可以，不過我要收現金。」

「為什麼？」

「我要拿這筆錢去付父親的住院費跟生活費，就是缺錢我才要賣書。」

「好吧。」

高廷昱雙手抱胸點了點頭，並表示附近就有銀行，他可以立刻去領錢。他才剛起身要離開，獵人便開口說道：

「我家還有一些這類的書。」

高廷昱停下腳步，連忙感興趣地問：

「有多少？」

「大約有十本，還有一本古老的族譜。」

「哪一家的族譜？」

「陽川許氏，保存狀況非常好。」

高廷昱沉思了一會，開口說：

「能讓我看看嗎？」

「我家在京畿道水原，您願意跑一趟的話，可以拿給您看。」

「水原啊……」

萬一高廷昱拒絕，計畫便要宣告失敗，不過獵人認為貪心的高廷昱肯定會上鉤。如他所料，高廷昱沒猶豫太久便表示同意。

「我開車來的，搭我的車去吧。你等我一下。」

「好。」

高廷昱離開位置時，獵人趁機將背包中的扳手拿出來，改藏入外套內側的暗袋。雖然這樣一來他動作必須非常小心，以免扳手從外套暗袋掉出來，但等到真要動手時，藏身上要比藏背包裡更容易拿取。一切準備就緒後，獵人背靠座椅閉起雙眼休息。稍後高廷昱返回咖啡廳，獵人睜開眼睛看見高廷昱正將印有銀行標誌的厚實信封塞入外套暗袋。接著高廷昱在獵人面前坐下，喝了幾口咖啡便向獵人示意可以出發。獵人點點頭，高廷昱隨即起身離開，獵人也趕緊跟了上去。一起坐上車後，高廷昱詢問了地址，獵人邊繫著安全帶，邊唸出事先背下的假地址。高廷昱將地址輸入到導航之中，隨即起程。

一直到駛離首爾市區之前，獵人都只是靜靜看著窗外，高廷昱似乎是感到有些無聊，便主動與他攀談。

「你們什麼時候開始收藏古書的？」

「我也不知道，只是從小就看我爸在蒐集。」

「這世界上的興趣有這麼多種，我認為蒐集古董是最可笑的。不僅要花大錢買收藏品，還要被不懂行情的外行人當成瘋子恥笑。而且古董買賣這個業界騙子真的很多，動不動就被騙，真是不值得。」

獵人很想反問高廷昱是否也是個騙子，卻又懶得多說什麼，便把到嘴邊的話吞了回去。這時高廷昱突然說想走一條新開通的路，便將車子調頭往國道方向駛去。

「那條路才剛通車沒多久，應該沒什麼人走，雖然會繞點路，但總比走既有道路卻塞在半路好。」

這時電台正播出歌手張允瀞的〈母親〉，高廷昱一邊哼歌一邊操控著方向盤。沒過多久，他又跟獵人搭話：

「對了，你現在是做什麼工作？」

「我其實才剛畢業，現在想先暫時休息一下。」

獵人只是隨口扯了個謊，沒想到高廷昱反應卻十分激動。

「好端端四肢健全的人就該去工作啊，讀書哪裡累？有什麼好休息的？」

接著便開始批評現在的年輕人不能吃苦，雖然這些話並沒有指名道姓罵誰，但聽在獵人耳裡就感覺是高廷昱在數落他，心裡百般不是滋味。正當他轉頭想制止高廷昱時，藏在暗袋的扳手從外套下襬掉了出來，見到那把扳手，高廷昱表情瞬間大變。

「那是什麼？你要幹麼？」

獵人沒想太多，立即彎腰撿起扳手，然後像小時候拿石頭砸碎野貓腦袋一樣，舉起扳手朝表情驚恐的高廷昱頭上敲了下去。啪一聲，鮮血隨著頭蓋骨碎裂的聲音噴濺開來。高廷昱握著方向盤的手一滑，車子便大大偏離原本的行進方向。尚未失去意識的他不斷求饒，只是獵人並不打算罷手，仍繼續以扳手敲打他的頭部。高廷昱整張臉漸漸被鮮血染紅，就在車子行駛至隧道中段時，高廷昱失去意識並鬆開了方向盤。

失控的汽車撞上隧道牆壁後停了下來。雖然繫著安全帶讓獵人並未承受太大的撞擊，但強力衝撞仍讓他的脖子感覺不太舒服。撞上隧道牆壁的汽車引擎蓋扭曲變形並不斷有黑煙冒出。獵人解開安全帶後甩了甩頭，他伸手在高廷昱的外套中摸索，最後掏出裝著鈔票的信封袋，並開始思考下一步。這起車禍並不在計畫之內，他應該要在其他人發現前，盡快帶著東西離開。只是這突如其來的意外，讓獵人也有些亂了陣腳。

「現在該怎麼辦？」

他坐在車內苦思，直到引擎冒出的黑煙飄入車內，嗆得他難受，才趕緊帶著扳手，奮力推開副駕駛座有些變形的車門逃生。他走到駕駛座旁，把死去的高廷昱拖出來挪到汽車後座。裝著書的背包還掛在高廷昱的腳上，一起被拖到後座去。獵人打開引擎蓋，只見濃濃黑煙不斷冒出，雖然他很想先把車子修好再離開現場，但他對汽車根本一竅不通，加上煙實在太濃，他完全看不清楚引擎的狀況。正當他不知該如何是好時，突然聽見刺耳的喇叭聲。抬頭一看，發現隧道入口處停著一輛白色的現代索納塔。

「媽的，可惡。」

沒想到礙事的傢伙竟然這麼快就出現，這令獵人感到無比煩躁。只見那輛車的駕駛又按了幾下喇叭，接著一名男子打開車門下車，大步大步朝獵人靠近。駕駛滿臉怒容指著獵人的鼻子，大吼要他快點移開車子。獵人用外套遮住扳手避免被對方發現，並假裝低頭查看引擎。無知的獵物大吼大叫地朝獵人走去，就在經過駕駛座時，獵物停下了腳步，似乎是注意到了什麼，只是現在要逃已經來不及了。獵人露出冷笑，抽出藏在外套下的扳手朝獵物走去。

獵人的夢總是停在這。或許是因為他並不滿意後來發生的事。

「當時就應該徹底解決那傢伙。」

那傢伙雖弱不禁風卻十分纏人，真不該把他丟在汽車後座留到最後再處理。要不是那傢伙拿裝書的背包阻擋，獵人怕傷了書而遲遲難以下手，也不會拖到一輛卡車出現。開那傢伙的車逃離現場後，為了躲避追緝還繞了好大一圈才回家，等到看了新聞，獵人覺得自己真是太走運了。

新聞上說，由於高廷昱的車子起火，車上的指紋與足跡都被大火燒光，再加上新開通的國道人煙稀少且沒有監視器，讓警方無法追蹤犯人去向。那天之後，獵人便從電視連續劇與相關書籍上學習，並分析自己在當時犯了那些錯誤，也努力鑽研該如何讓犯罪更加完美。他知道自己絕對不能引人注目。一旦在媒體上曝光，警察肯定會全力展開搜索。所以他每次犯案時間至少會間隔一年，並特意將住家的半地下室空間打造成祕密基地，以便處理屍體，免得留下任何可追蹤的痕跡。

十五年前的那天之後，他一直很想除掉柳名優，只是如今那傢伙變得太過出名。若想遵循自己這些年來堅守的殺人規則，那就實在不該對柳名優下手。只不過仔細想想，他其實是有充分的理由冒險去處理柳名優。

「畢竟我得拿回十五年前被奪走的書啊。」

他已經去過柳名優開的記憶書店，當下對方似乎起了疑心，談話過程中不時深入追問某些事。不過如今的他和十五年前截然不同，柳名優似乎也難驟下判斷。對方認不出自己的喜悅與身分可能遭到拆穿的恐懼，就跟翻閱古書一般，令人既滿足又生怕一不小心傷了珍寶。

「反正這幾年我也打算銷聲匿跡，這段時間就陪他玩玩也無妨。」

柳名優的記憶書店確實讓獵人逛得目眩神迷。店裡瀰漫著古書獨特的氣息，經過精心設計，讓顧客能專注參觀書籍的裝潢也相當令人滿意。找回《失落的珍珠》固然重要，不過獵人還是打算先隱瞞真實身分以方便進出書店。欣賞古書是他僅次於殺人的最大樂趣，所以先暫時將心力放在古書上，待時機成熟再處理柳名優也不壞。

「畢竟他也沒認出我。」

親眼看見柳名優雖起了疑心，卻始終沒能確定自己就是獵人的模樣，讓他更有自信不會被拆穿。一想到能繼續跟柳名優見面，就近觀察他疑神疑鬼的模樣，獵人高興地哼起歌來。這時外頭突然下起了雨，他聽見窗外傳來雨聲。獵人打開門，看著烏雲密布的天空與傾盆而下的雨。雖然太陽才剛下山，但這陣雨卻讓外頭黑得像是深夜。獵人歪著頭喃喃自語道：

「很適合去會一會那傢伙。」

雖然他喜歡事先規畫一番再行動，不過現在卻有股衝動驅使他到記憶書店走一趟。

店員道了再見便下班離開書店，柳名優透過監視器看著店員走出門往大馬路方向走去，直等到整個人的背影從監視器畫面上消失，柳名優才按下櫃檯內的紅色按鈕，書店門前防盜用鐵門也隨即降下。整間店都選用了強化玻璃，不過這防盜門是鐵製的，若非卡車大力衝撞，否則難以用一般方法突破。柳名優會這麼做都是為了防範不知何時會上門的獵人。過去柳名優無論到校上課或到電視台上節目，都會聘請保鑣陪同以防萬一，幸好獵人從未現身。但柳名優清楚知道，獵人絕沒有忘記那一次失敗的狩獵。從櫃檯下方拿出筆電放在桌上後，柳名優忍不住深深嘆了口氣。接待預約參觀的客人這份工作比想像中要累，一想到獵人可能就是其中一個訪客，更讓他時時刻刻繃緊神經無法放鬆。

「幸好也不是毫無收穫。」

親自接待幾組客人後，他成功篩選出可能人選，而今天他打算整理一下過去幾天百般思量篩選出的名單。柳名優開啟文書處理軟體，飛快地打起字來。

首先入選的是五號客人，木匠金成坤。

這人毫無保留地表達他對無涯梁柱東的熱愛與對書的熱情，古書相關知識也有一定水準。他雖自謙說只是一介木匠，卻又理直氣壯地稱自己為書的主人，自謙又自滿的態度實在頗為矛盾。當年殺害柳名優妻女的獵人，同樣也對書抱持驚人的執著，也正是多虧了他不忍心對書下手，柳名優才得以逃過一劫。寫到這裡，他忍不住嘆了口氣。他清楚憶起獵人那股對書幾近發狂的執著，彷彿這一切昨天才剛發生似的。柳名優停下打字的動作，喃喃自語道：

「若獵人的性格十五年來不曾改變，那現在肯定會是金成坤這副德性。」

柳名優輸入「他會是獵人嗎」幾個字並加上問號，但隨即又將問號刪去。獵人不蠢，肯定知道記憶書店是為了引他上鉤而設的陷阱，絕對不會毫無偽裝而來。柳名優也想過，獵人也許會猜到自己認定他一定會偽裝前來，於是反其道而行，刻意表現對書的熱愛以消除柳名優的疑心。想來想去，柳名優實在難以下定論。他只能將木匠金成坤的資訊整理好，並在末尾寫下自己的顧慮。

「他會毫不掩飾地以接近獵人的模樣現身嗎？還是會戴著偽裝的面具出現呢？」

柳名優既恐懼又擔憂，但也只能嘆口氣，繼續整理下一名嫌疑人的資訊。

「接著應該是十號客人趙世俊。」

這傢伙像是少根筋似的，由於外表年齡與獵人的推測年齡不太相符，稍稍減輕了嫌疑。不過初次見面就邀柳名優一起寫書，以及過於漫不經心的態度都相當可疑，這種行徑就像精神病患刻意裝成正常人一樣，相當不自然。

「他只是單純對十五年前那起案件好奇？或者他就是獵人呢？」

此外，趙世俊自稱對書不太有興趣這點也很可疑，這極有可能只是為了掩飾身分的障眼法。但也不能排除他就只是個渴望名聲的影片創作者，想利用十五年前的案件一夕成名，畢竟柳名優身邊一直都不乏這種想利用他名氣的人。

接著是十九號客人金曉，這也是個難以妄下定論的對象。

雖能充分從其行為舉止看出這人對書毫無興趣，卻難以判定那究竟是裝的還是真心。即便對方明說了對書沒興趣，柳名優仍覺得真假難辨。前面篩選出的兩人所具備的某些條件，都有足夠的理由推測他們可能是獵人，金曉卻連推測都有困難。即便如此，柳名優仍選擇將金曉放入可疑名單，是因為他覺得面對金曉宛如面對一團未知的黑暗。金曉說話油腔滑調，不知是天生個性如此，或是為了隱藏什麼而刻意偽裝。喋喋不休的模樣、寒酸邋遢的打扮，甚至就連他那肥胖的身材，都讓柳名優感到些許不自然。想到對方可能是為了掩人耳目，而刻意在來訪前把自己弄成這副德性，柳名優便決定將金曉列入嫌疑名單，並在寫完金曉的相關紀錄後補上一句：

「他的外型與身材是假的嗎？還是真的呢？」

最後一位是二十號客人吳亨紀。

柳名優不是沒想過獵人會組織家庭生養小孩，只是沒想到他有可能以極端的暴力手段控制孩子。如果獵人心情不好就會動手殺人，那也有可能會以相同方式對待家人。吳亨紀雖然對書不太有興趣，卻似乎擁有許多相關知識。因此即便柳名優認為他是獵人的機率不高，仍對他心存疑慮。柳名優思索良久，最後決定在吳亨紀的相關紀錄當中，寫下一直在腦海中縈繞的疑問：

「獵人真的會組織家庭嗎？」

完成整理與紀錄後，他看著螢幕嘆了口氣，雙手離開鍵盤陷入沉思。

雖想繼續從其他客人中挑選可疑對象再稍加整理，卻沒找到比這四人更可疑的。長時間盯著文書處理軟體閃爍的游標令他雙眼痠澀，柳名優閉上了眼睛。

「終於走到這一步了。」

妻女遇害後的十五年歲月在眼前閃逝。事故後，他不顧一切地抓住這個教授職位，並動員所有人脈讓自己上遍各大電視節目。即便有人貶低、嘲弄他這些行徑是靠自身悲劇博取同情，但他全不當一回事，只是想盡辦法把握每一個出名的機會。縱使在學校被人戲稱為校長的忠犬，他仍不肯離開教授一職。如此忍辱負重，全是為了讓殺害家人的凶手一打開電視就能看見自己。

「一切都是為了今天，究竟最後會成功還是失敗呢？」

他內心深處一直認為，獵人肯定已來拜訪過書店，所以現在他要做的，就只剩下從來訪的客人中揪出獵人。

「縱使還有些茫然，但已經比十五年前好上許多。」

柳名優雙手摀著臉，深深嘆了口氣。近來他總是容易感到疲倦，一想到自己年紀大了，身體大不如前，他便更焦急地想為家人復仇。就在他決定結束今天的工作，打算最後再檢視一次文件時，突然看見一旁的偵測器亮起紅燈，顯示有人來到店門前。

「是誰？」

柳名優詫異地看著同時秀出多個監視器畫面的螢幕，每個畫面分別接收裝設在記憶書店周圍的監視器訊號，此刻所有畫面都是一片漆黑。

「故障了嗎？」

他在監視器旁安裝了小燈，燈會在天色較暗時自動亮起，因此不太可能完全拍不到任何東西，不過現在監視器畫面卻什麼也看不見。正當柳名優百思不得其解時，外頭傳來的聲響讓他明白了原因。

「原來在下雨啊。」

監視器會拍不清楚，是因為外頭雨勢太過猛烈。想通這點之後，柳名優鬆了口氣，並放心地認定偵測器啟動也是大雨所致。沒想到就在這時，對著停車場的監視器訊號突然中斷。他趕緊透過其他畫面檢視，才隱約看見一名身穿深色外套，頭戴兜帽的怪人，正拿著類似噴漆用的物品朝鏡頭噴灑。柳名優眼睜睜看著監視器畫面一一轉暗，不禁喃喃自語道：

「獵人！」

早料到了。

「他果然偽裝成客人來過。」

他肯定曾經假扮客人，探查過書店周遭的監視器位置。而今天雨勢強烈，即使被監視器捕捉到影像也無法看清相貌，他肯定是抓準這點，選擇在此時再度來訪。等待了十五年的獵人，竟在暴雨傾盆之夜突然上門，令柳名優格外恐懼。但他並沒有立刻報警，因為警察一出動，獵人肯定會再度銷聲匿跡，他也會因此錯失掌握獵人行蹤的線索。他拿起手機，推著輪椅來到書店正中央。書店分別有正門與後門兩個出入口，另外正門旁還有一扇較易被突破的玻璃窗。這些位置全使用了強化的防彈玻璃，防盜鐵門也已放下，外人無法輕易闖入。不過獵人似乎早有準備，最棘手的是監視器畫面遭到遮蔽，無法掌握外頭動態這點令柳名優相當焦急。他握著手機閉上眼睛，嘗試專注聆聽外頭聲響。就在這時，他的手機突然響起。螢幕顯示是未知號碼的來電，本該顯示電話號碼的地方，被一連串的X取代。他猶豫了一會兒，才按下通話鍵，以防萬一還打開免持聽筒與錄音功能。接通後，他立刻聽見話筒那頭傳來清晰的雨聲。

「好久不見了。」

對方的聲音似乎經過變造，聽來相當不自然，但仍瞬間將柳名優拉回十五年前的那一天。隱藏在嗓音中的恐怖壓迫，穿透摻著雜訊的電子音，完完整整傳入柳名優耳裡。

「一段時間不見，你變得很有名嘛。早知如此，當初真該跟你要個簽名。」

「我不會幫你這種人簽名。」

「哎呀，出名後不把人當回事了嗎？你這種目中無人的態度真是始終如一。」

聽見話筒那頭獵人不停咂嘴的聲音，柳名優立即聯想到木匠金成坤。他努力保持冷靜問道：

「十五年沒見，有什麼事？」

「欸，怎麼說話還是這麼不客氣？我還以為你多少有點改變呢。」

「沒用髒話問候你就不錯了。」

「你這脾氣也太差了吧？就是這種態度，難怪你會失去家人。」

獵人這句話讓柳名優湧起一陣椎心刺骨般的痛楚。他咬著牙問：

「我沒有家人，難道你就有嗎？」

「我怎麼沒有？」

獵人說完嚥了口口水，與家人有關的對話，令柳名優聯想到偕同兒子來參觀的吳亨紀。他試著想像了一下獵人對自己炫耀家人的嘴臉，隨後深吸了一口氣，平靜地答道：

「希望沒有，否則你的家人就太不幸了。」

「什麼？」

「要是家人知道你一不順心就殺人怎麼辦？他們肯定不知道你會這樣吧？要是知道了哪還能活命，對吧？」

從電話那頭的反應聽起來，書店外頭的獵人似乎被柳名優這番話激得氣憤難平。

「你別小看我，我可是獵人，這十五年來從不曾失手。」

「我看你也只是找流浪貓或小蟲子下手，當年腳踝傷成那樣，還有辦法追獵物嗎？」

「那不過是稍微被劃傷而已，只是個小傷口，根本算不了什麼。」

獵人咬牙切齒地喘著氣答道。

那似乎是因緊張而導致的喘息，與十五年前如出一轍。柳名優覺得這呼吸聲有些熟悉，最近似乎也曾聽過，他認真思索了一會兒，才想起那與金曉發出的聲音十分類似。雖不知道此刻就在店外的獵人究竟是誰，但柳名優能夠確信，書店開幕後獵人確確實實假冒成客人來訪。獵人不僅對監視器的位置瞭若指掌，還刻意變造了聲音。倘若兩人不曾見面，獵人實在沒必要刻意隱藏自己的聲音。柳名優的思緒陷入混亂，極力想抓住任何可能的線索。就在這時，他聽見後方傳來細微的聲響，仔細一聽，才發現那聲響是從櫃檯後方的後門外傳來。最初買下這棟建築時，他就因為不放心櫃檯後方的那扇門，而有意將門堵上，但聽說這可能違反建築法規，只好改換成較堅固的鐵門，並且將門鎖的位置從室外換至室內，這樣他就能從店內將門上鎖。鐵門上有個窗子，但只有人臉大小，因此人是無法通過的，更何況窗前還加裝了玻璃與鐵柵欄，可說是絕對不可能從那裡入侵。當時認為這樣的防護應該萬無一失，柳名優便再也沒管那扇門。如今這可疑的聲響，卻是從那扇門的方向傳來，聽起來像是有人拿著電鑽之類的東西，試圖鑿穿鐵門上的玻璃窗。那玻璃雖然牢靠，卻並非強化玻璃，肯定很快被鑽破。柳名優聽見獵人的笑聲從話筒那頭傳來。

「我有個禮物要送你，準備好收禮了嗎？」

「可惡，你這個瘋子！」

柳名優對著話筒大吼，這才明白獵人冒險撥電話給自己的用意。

「你是故意打給我，想讓我沒辦法報警！」

電話另一端的獵人得意地哈哈大笑。就在這時，後門的玻璃窗被鑽出一個拳頭大小的洞，柳名優立即明白獵人並非要直接闖入，只是想給他個下馬威。那個洞確實無法讓獵人入侵店內，但要往裡頭潑灑易燃物質卻是綽綽有餘。果真不出他所料，柳名優看見不明液體自玻璃窗上的破洞流入室內。他對著手機大聲說道：

「你打算放火？你以為這樣我就會帶著《失落的珍珠》逃出去？」

獵人沒做任何回應，也沒有掛上電話。

「店內一旦起火，我會先把書都丟進火裡燒了！你這個混帳東西！」柳名優激動地放聲喊。

「有膽你就立刻放火吧！快！」柳名優繼續挑釁。

「那是我的書。」

「拜託，你根本沒資格擁有那本書。與其把那本書交給你，倒不如把它撕爛。」

「你這麼不愛惜書？」

「對，我最愛的就是我的家人，我才不愛什麼書。」

「你會遭天譴的！」

獵人的回答令柳名優感到無比荒唐，他繼續對獵人大吼：

「你說什麼？你一個殺人犯憑什麼說我會遭天譴？」

「我是殺了人，但我沒有殺書。」

「什麼？」

「你的那些書歷經的歲月比很多人更長久，相較之下人的生命根本微不足道。無論你我，都無法跟那些書相提並論。」

話筒那頭除了雨聲，還能聽見獵人似是為了恫嚇而刻意擠出的陰森冷笑。聽見那笑聲，柳名優腦中瞬間浮現笑聲極其相似的趙世俊。他按捺激動的情緒，對著話筒大聲說道：

「你這種人憑什麼對別人說三道四？比起那些老舊紙片，我更在乎自己的家人！想放火就放啊！我會把這裡的書全扔丟進火裡燒了！」

獵人沒有回答，而是用力踢了下鐵門。他這麼一踢，讓原本已產生裂痕的玻璃窗瞬間破碎。柳名優推著輪椅往後門方向移動，同時還一邊大喊：

「來啊！我一點都不怕你！」

「少騙人了！你當然怕我！」

「為什麼？就因為你殺了我的家人？你殺的都是手無縛雞之力的女人跟小孩，憑什麼擺出一副幹下大事的模樣？你這種殺人魔為何只鎖定女人當目標，我可是一清二楚！」

柳名優吞了口口水，繼續推著輪椅來到門前。讓他這十五年深陷惡夢，令他內心重創到難以平復的傢伙就近在咫尺，他激動得渾身不住顫抖。柳名優試圖壓抑恐懼，故作鎮定再次開口道：

「因為你是懦夫，一旦遇上比你更強大或不怕你的人，你根本不敢輕舉妄動！我說的沒錯吧，獵人？」

柳名優瞪著鐵門，說到獵人兩個字時還刻意加重語氣。獵人先是以連踹多下鐵門代替回應，隨後才氣憤難平地道：

「下次再見了，教授。」

如同十五年前那樣，獵人一溜煙消失無蹤，柳名優激動的心情也隨之平息。方才與獵人這麼一番對峙，令他緊張得頭痛欲裂。之前他也曾多次幻想與獵人對峙，沒想到這一刻轉瞬即逝，他感到無比空虛。唯一讓他稍感安慰的，就是確定了獵人真的來過記憶書店。

「盼這一刻盼了十五年，這下子竟覺得有些空虛。」

更讓他擔憂的是，經過這次對峙，獵人可能又會銷聲匿跡，因為獵人顯然已經察覺柳名優開店的用意。他雖想過是否要立刻使出對付獵人的最終手段，後來還是決定先忍忍。此番對峙讓他意識到，整件事最大的問題，在於他無法親自到書店外追查獵人行蹤。柳名優不斷思索，終於想到一個妙方。

反擊

隔天，趙世俊一臉興奮地來到記憶書店。本以為拒絕了合寫著作的邀約之後，趙世俊會知難而退，沒想到趙世俊竟主動聯繫柳名優，不過柳名優倒也不怎麼意外。他坐在輪椅上頭，漫不經心地看著工人更換後門的施工過程。趙世俊進到店內，見到眼前情景立即開口問道：

「發生什麼事了？」

「昨晚有不速之客來訪。」

不明所以的趙世俊眨了眨眼，不知是不是因為跟柳名優相處令他有些不自在，他硬是擠出一個尷尬的笑容回應。柳名優將這一切反應看在眼裡，但沒有多說什麼，只是推著輪椅到另一個能看見施工狀況的角落，趙世俊自然也跟了上去。柳名優觀察工人好一陣子，才抬起頭看向趙世俊。

「昨晚那個人來了。」

「那個人？」

「十五年前殺害我家人的凶手。」

「真的嗎？」

「他用噴漆遮蔽監視器鏡頭，還把後門的玻璃窗打碎，往店內倒疑似易燃的液體。」

「他居然想縱火？那您報警了嗎？」

柳名優搖了搖頭。

「昨晚雨下太大，他又遮著臉，根本無法掌握他的身分，其實我也只是推測，無法真的證明昨晚來的人是他。」

「這樣啊……」

似乎是察覺了柳名優話中的意思，趙世俊只是嘆了口氣，沒繼續說下去。柳名優露出苦笑，他能猜出趙世俊沒說出口的話究竟是什麼。

「雖然人們都說情緒只是記憶的殘骸，但對我來說，十五年前那件事是至死都不會遺忘的悲劇。對警察來說那只是眾多案件之中的一件，對你來說則是滿足好奇心的題材，對吧？」

趙世俊沒回答，只是尷尬地笑了笑。

「我開設這間專營古書買賣的記憶書店，為的就是引出殺害家人的凶手。」

「你說什麼？」

趙世俊大聲驚呼，令工人們都忍不住轉過頭來看。他尷尬地笑了笑向工人賠不是，才又轉頭看向柳名優。

「為了引出凶手才開這間書店是什麼意思？」

「就是字面上的意思。那名凶手自稱為獵人，他是個重視古書更勝自己生命的人。」

「所以你開這間書店的目的，完全是為了引誘他嗎？」

趙世俊感到不可思議地環顧整間書店，柳名優點點頭。

「這是我設下的陷阱。警察已經不在乎這起案件了，心理諮商師也建議我忘記過去，好好生活，但我實在做不到。家人之所以遇害，根本可以說是我一手造成的。」

趙世俊搖了搖頭說：

「所以你開這樣一間店，還嚴格要求客人必須先預約才能前來，這些都是為了找出凶手？」

趙世俊下了結論，聲音還有些顫抖。柳名優幽幽地望著正在施工的後門。

「昨晚他打破那扇門上的玻璃，朝店內倒易燃液體意圖縱火燒死我，同時還打電話威脅我。」

「後來怎麼樣了？」

「我說要把店內所有古書一口氣燒光，他就立刻放棄了。」

「真是個瘋子。」

趙世俊的反應有些激動。

「用瘋子來形容他遠遠不夠。他告訴我說，這十五年來他從不曾失手。」柳名優皺著眉閉上眼說。

「什麼東西不曾失手？」

趙世俊順著柳名優的話問下去，只是話才出口，他便吃驚地摀住嘴。

「不會吧？」

「這些年來，他似乎仍在繼續殺人。」

「天啊！原來他是個連續殺人魔！」趙世俊驚呼。

柳名優吞了口口水繼續說：

「我還不能確定，對方也可能只是虛張聲勢，所以我一定要逮到他，才能弄清事情真相。」

「情況似乎變得更複雜了。」

「其實……」

柳名優遲疑了會，才開口道：

「這些年來我偶爾會做惡夢，夢見自己掉入黑暗中，然後我會睜開眼睛，誤以為自己已經從夢中醒來，但其實我仍然深陷在黑暗之中，就這樣一直不停做著夢中夢。那感覺真的很絕望，我甚至沒有時間恐懼。對我來說，恐懼幾乎成了一種奢侈。」

柳名優這一番話讓趙世俊莫名有些緊張，他吞了口口水，沒有多說什麼。柳名優靜靜盯著趙世俊看了一會兒，才轉頭看已經施工完成的後門。他向正在收拾工具的工人們道謝，並表示會再將今天的修繕款項匯入公司的帳戶。

與工人對話時，他也不時以眼角餘光觀察趙世俊。

「雖然開了這間書店，但我仍無法確定這樣做對不對，因為我不知道他究竟會不會現身。」

趙世俊環顧了整間書店，聳了聳肩答道：

「不入虎穴焉得虎子。罪犯的任何一個小失誤，都會成為巨大的線索。你知道姜浩順[1]是怎麼落網的嗎？」

柳名優搖搖頭，趙世俊接著說：

「當時警方縮小搜查範圍之後，他就立刻把自己那輛載過受害女性的車燒了。但就是燒車這個行徑令人起疑，所以警察才會去調查他並掌握到線索。那輛車雖然燒了，但沒完全燒毀，警方在裡頭採集到非常微量的證據。那些證據證實了他的嫌疑，所以才能順利逮捕他。」

「等於是他自投羅網。」

「沒錯。教授你口中那個叫獵人的殺人魔，一直以來都小心翼翼，沒有暴露自己的行蹤，所以實在很難相信他會明知這是陷阱卻還主動找上門。」

「他來是為了取回一本書。」

這回答似乎很令趙世俊意外，他頓時皺起眉頭發問：

「書？」

「你知道我十五年前遇見他時，為什麼能活下來嗎？」

---

1 韓國連續殺人犯，已於二〇〇八年落網。

見工人收拾好工具準備離開，柳名優便拜託他們順手將後門帶上，然後才接著對趙世俊說：

「是因為我拿書當盾牌。」

「真的嗎？」

柳名優點點頭，趙世俊卻難以置信。

「我拿他的背包當盾牌，他就遲疑了。後來才知道，那個背包裡放了一本古書。」

「竟然有熱愛古書的連續殺人魔？太不可思議了。」

「得知這件事後我便下定決心，未來要開一間書店買賣古書，當成引他上鉤的誘餌。只是我非常擔心，雖然那人自稱獵人，但他真有可能傻傻的像個獵物一樣，咬住我丟出的餌？沒想到……」

柳名優吞了口口水，看著已經修繕完畢的後門繼續說道：

「他竟然真的出現了。昨晚傾盆大雨，他看準這是隱藏行跡的好機會，就特地找上門來。看他已經掌握監視器的位置，顯然不是假扮成客人來訪，就是曾經聽他人詳細描述這裡的環境。」

趙世俊搗著嘴，用顫抖的聲音喃喃自語道：

「天啊，這簡直是小說情節。」

柳名優轉過頭看他，他顯得有些慌張，掌心不自覺在褲子上搓來搓去。

「對不起。」

「其實書店才剛開，你就找上我談十五年前那件事，讓我有點懷疑你。」

趙世俊歪了歪頭，表示有些不明白柳名優的意思。

「那你為什麼會再找我來，還跟我說這些？」

「因為我確信凶手應該不是你。雖然還不知道是誰，但獵人就在我們身邊。」

趙世俊吃驚地瞪大雙眼，隨後又忍不住嘆了口氣。

「全國上下只有我們兩個知道這件事，是不是應該立刻報警？」

「要用什麼名義報警？毀損那扇門嗎？」

「既然對方都打電話來了，追蹤那個號碼應該就能抓到他吧？最重要的不是揭露獵人的真實身分嗎？」

柳名優搖搖頭。

「那通電話沒有顯示來電號碼，我想他可能是用預付卡或人頭門號打的。」

柳名優說的很有道理，趙世俊點點頭表示同意。

「也對，他這麼機靈，肯定已經先想到這點。」

「昨晚他一溜煙就消失了，我想就算報警也沒用。」

柳名優難掩失望神情，趙世俊接著問道：

「那你不打算報警，要繼續等他上門嗎？」

「不，我當然已經有了計畫，現在該由我主動反擊。」

「反擊？」

趙世俊一臉難以置信地看著輪椅上的柳名優，接著又補上一句：

「你要怎麼反擊？」

「我得先把他找出來。」

「怎麼找？」

柳名優推著輪椅來到櫃檯，敲了幾下鍵盤後將螢幕轉向趙世俊，讓他看螢幕上的東西。

「這是記憶書店開幕後來訪客人的名單，總共有四十人。我已經選出幾個很可能是獵人的訪客。」

「向警察檢舉這些人如何？」

趙世俊彎下腰盯著螢幕看。柳名優搖搖頭，否決了他的提議。

「他一旦察覺異狀就會跑，況且我也不相信警察。」

「我能理解你的心情，但沒有警察的協助很難追蹤吧？」

「我要親自解決這件事，我並不打算送他上法庭接受制裁。」

「為什麼？你不是為了抓他才開這間書店嗎？」

趙世俊顯得有些不安。柳名優語帶憤恨地說道：

「到時會由我來審判他。」

「電影或連續劇常有這種復仇情節，但最後復仇者都會失敗。」

「我已經失敗過一次了，就是這樣我才會在十五年前失去家人。」

聽柳名優的語氣十分堅決，趙世俊嘆了口氣，低頭看著地板。

「你要怎麼對付這個試圖燒掉書店的瘋子？」

「只要你幫我，我就能對付他。」

這句意想不到的話，令趙世俊驚訝地抬起頭。

「我要怎麼幫你？」

「你來找我不也是為了他嗎？」

「話是這麼說沒錯，但追蹤他的下落是另一回事。我還想活久一點啊。電影和連續劇都有演，最先死的通常都是我這種人，而主角都會活下來。」

「那傢伙不知道你的存在，因為每一位預約者都是單獨來訪，不會知道彼此是誰。」

「你為什麼選我？」

柳名優毫不遲疑地答道：

「因為你看起來對這件事很有興趣。」

「真的只是因為這樣？」

柳名優直直盯著趙世俊，令他緊張得雙手不停搓著自己的大腿。

「我覺得太恐怖了，實在做不來，但很高興有機會跟你聊這些。」

趙世俊轉身準備離開，柳名優提高音量問：

「你不想出名嗎？」

「我不想死了之後才出名，因為那一點用也沒有。」

「這可能是寫出韓國版《冷血》[2]的大好機會。」

一聽見這句話，趙世俊立刻像被巨大磁力吸住般停下腳步。柳名優推著輪椅來到他身邊。

「我為了抓他準備了十五年，讓一個人不惜用盡一切辦法也要抓到的殺人魔，人們應該會感興趣吧？」

「這……你說的對。」

「就算這個獵人說的話只有一半是真的，他凶殘的程度也不亞於柳永哲或鄭南圭[3]。親身追蹤這種殺人魔的故事，出版社肯定會感興趣。」

「真的嗎？」

「我也可以為你介紹出版社，恰巧這陣子有很多出版社來邀請我出書。」

「但他們是希望出版你寫的書，而不是我寫的書。」

---

2 美國作家楚門．柯波帝所著的非虛構小說，講述一起一九五九年發生的滅門凶殺案。本書開創了文學創作的嶄新形式。

3 兩人皆為韓國連續殺人犯。

「這是當然的，所以我打算向他們提議，只要他們願意幫你出書，我就跟他們簽約。」

「這樣出版社肯定很難拒絕吧。」

趙世俊咧著嘴笑，柳名優也面帶微笑答道：

「當然，就交給我吧。」

「不過要追蹤殺人犯還是讓我很害怕。」

「對方不認識你，這件事不會有危險。只要幫我追蹤這些可疑人士，找出究竟誰是獵人就好，剩下的我會自己處理。」

「你的意思是要動私刑嗎？」

「查出獵人是誰，剩下的我會自己看著辦。」

「那我能得到什麼好處？」

「名聲。你知道成名後的生活是什麼樣子嗎？」

趙世俊沒有回答，只是搖了搖頭。柳名優輕笑著說：

「名聲就像免費通行證，認識你的人一多，雖不是沒有壞處，卻也有不少好處。你的一舉手、一投足都會有人特別關注，而他們看你的眼神中總是充滿羨慕與尊敬。」

見趙世俊露出有些苦惱的表情，柳名優接著補充：

「看你是要拿這件事寫書還是上電視，我都不在意，也不會跟你索要任何費用或要求拆分收入。如果你想要，我可以一起上電視或為你的書寫序，讓人們知道你在追蹤獵人這事上做出特別的貢獻。」

柳名優如此大方，讓趙世俊認真思考起整件事的可行性。柳名優見他有些動搖，便趁勢再推了一把。

「你要是拒絕，我就只能委託別人了。」

「你想委託誰？」

「過去在憲兵隊服役的偵探。」

「你為什麼不一開始就找他，而是來找我？」

「我不知道他能不能勝任逮捕獵人的工作。不過如果你拒絕，我就會去委託他。」

聽柳名優這麼一說，原本還有些遲疑的趙世俊聳聳肩道：

「你的提議讓我無法拒絕。」

「我會提供給你一份調查名單。」

「你是說有可能是獵人的可疑對象嗎？」

柳名優點點頭，並補充說：

「其中我特別關注的有三個人，分別是五號、十九號跟二十號。為了溝通方便，就稱他們為木匠、曉和父親。」

「你為什麼認為他們有可能是獵人？」

「理由我會整理好，用電子郵件寄給你，還會提供他們的聯絡方式、住處和照片。」

「我記得申請參觀書店時，只要填姓名跟電話號碼而已啊？」

「現在這個時代，只要有電話號碼就能查出很多事。」

趙世俊語帶譏諷地說：

「沒想到你居然偏好用這種旁門左道。」

「這我不否認。總之，調查就交給你，最後由我來收拾他。」

趙世俊雙手抱胸陷入沉思。雖然這件事的危險程度超乎預期，不過一旦事成，柳名優也確實能給他方才提出的那些好處。最重要的是，這件事情勾起了他的好奇心。趙世俊鬆開抱胸的雙手道：

「那我要做什麼？」

「我需要明確的證據證明他們是不是獵人。我不需要拿得上法庭的明確證據，而是要能夠讓我判斷他們是或不是的證據。」

「接下來呢？」

「我會自己看著辦。我認識一群人，相當擅長處理這些事。」

「所以是要我扮演偵探就對了。」

「沒錯。」

趙世俊再度雙手抱胸，短暫想了想便點點頭。

「好，就試試看吧。」

「我會將一筆工作費用和購買必要設備的錢匯入你的帳戶。」

「謝謝。不過有件事我很好奇。」

「什麼事？」

趙世俊看著抬頭望向自己的柳名優問：

「為什麼你認為我不是獵人？」

聽他這麼一問，柳名優禁不住笑出聲來。

「因為你想出名，那是獵人最不願意做的事。」

「真的只是因為這樣？」

「其實……」柳名優帶著淺淺的笑容。

「我調查過你，確定你昨天沒有來這裡。」

「那其他人呢？」

「無法確定。」

柳名優望著剛換上的全新後門，接著說：

「昨天我看見他站在門外。十五年來我處心積慮地想找到他的蹤跡，沒想到他竟然就這樣出現在我眼前。」

「你會怕嗎？」

柳名優轉頭看著趙世俊，雙眼有些失焦。

「不怕。」他說，隨即又補上一句：

「只是覺得眼前一片黑暗。」

「是什麼都看不見的意思嗎？」

柳名優點點頭，趙世俊喃喃自語道：

「原來獵人就像黑暗。」

「是非常深沉的黑暗。」

這會兒柳名優看著趙世俊的眼神中，閃現一絲焦躁與緊張。

「不過我很快就會把他拉到光能照到的地方。」

「聽完你的描述，我覺得這並不容易。」

「現在換他當獵物了。這樣被人追趕，他肯定會按捺不住，如此一來就容易犯錯。」

柳名優的聲音聽起來充滿自信，趙世俊卻有些焦慮地咬起了指甲。

「我真不知道這個決定到底是對還不對。」

聽趙世俊似乎有些退縮，柳名優回應道：

「我其實也完全沒想到會這麼快就見到獵人。」

「獵人也很有可能不在這三人之中。」

「你說的對，所以我打算再分別把他們叫來。」

「然後呢？」

「我會跟他們講起十五年前我拿到的那本書。我打算告訴這幾個人，說經營書店的花費比想像中多很多，我可能會把那本書賣掉。」

聽完這句話，趙世俊連連點頭道：

「啊哈，這樣對方就會焦急地開始行動。」

「就算他沒有行動，我們也可以仔細觀察這幾個人的反應找出線索。我找他們來的時候，你可以去調查他們的住處，或許有機會找到線索。」

「這方法不錯。」

柳名優伸出兩隻手指比著自己的眼睛。

「我會用這雙眼睛仔細觀察，而你就成為手腳代我行動。」

趙世俊張開雙手，看著自己的手掌。

「就像福爾摩斯跟華生嗎？」

「你要怎麼想我都不介意，只要能達成目的就好。」

說完話，柳名優就轉身推著輪椅往櫃檯方向前進。柳名優對玩笑話的反應如此冷淡，趙世俊只能無奈地苦笑。

「你知道我的手機號碼吧？把銀行帳號傳給我，我把調查費匯給你。」

「知道了。」

趙世俊提醒柳名優自己多加保重，便離開記憶書店。門才關上，柳名優立刻大大鬆了口氣。

調查

趙世俊跟柳名優見面的隔天，一筆調查費立即匯入趙世俊的帳戶裡。金額遠遠超乎預期，他還數了很多次以確認自己沒看錯。柳名優同時也透過電子郵件分享了嫌疑人之一，也就是代號「父親」的姓名、聯絡方式與地址，信中簡單敘述了懷疑他是獵人的原因。信上寫著，一開始因為「父親」有家庭，所以認為他不可能是獵人。但後來觀察他與兒子的互動，懷疑他可能虐待兒子，便認為獵人有可能為掩人耳目而刻意組織家庭。趙世俊同樣也對連續殺人犯組織家庭這點感到疑惑，不過在一番調查後他發現，許多連續殺人犯其實都有家庭。當然，家人大多不知道這些人的犯罪行為，有些人甚至還成為他們的刀下亡魂。

「柳名優這人調查做得還真是仔細。」

趙世俊一邊讀信，一邊對著螢幕喃喃自語。想想也不意外，若十五年來都只為了復仇這個目標而活，自然很有可能做到這個程度。

柳名優指示調查的第一個對象名叫吳亨紀，有一個年約五、六歲的兒子，兩人一起來參觀記憶書店，但尚有許多疑點需要釐清。雖然趙世俊認為獵人不太可能組織家庭，不過他還是決定先調查看看再說。確認代號「父親」的嫌疑人家住何方之後，趙世俊帶上幾樣東西便出門去了。

「開峰洞啊……」

在地鐵車廂內，趙世俊一直思考與獵人有關的事。歷史上許多連續殺人犯，都會提及殺人帶給他們的快樂。殺人是種一般人不可能輕易嘗試的行為，而連續殺人犯卻能透過這種行徑感受到喜悅。

「然後就上癮了。」

曾經在他訪問連續殺人犯時，對方用了「上癮」這個詞來描述殺人的快感。只是他一直不明白，到底是怎麼對殺人上癮的？直到與某個連續殺人犯進行私下對談，才終於明白那是什麼意思。這名犯人或許是因為連續多次接受他的採訪，所以才趁趙世俊關掉攝影機時，笑嘻嘻地對他說：

「很有趣喔。」

「什麼？」

「死者家屬在那裡哭天搶地的樣子。」

看趙世俊一臉無法理解的樣子，對方則露出泛黃的牙齒說道：

「那感覺就像在看一齣戲，我以前……」

殺人犯說到這裡便停了下來，看著一旁一直注視自己的獄警，隨後吞了口口水接著說：

「我之前殺了一個攤販，他說自己從小就跟父母離散，沒有任何親戚。但我殺了他之後，他的父母和親戚卻突然現身，活像是失去全世界一樣哭喊著痛失摯愛，那畫面真是可笑。那傢伙要是看到這幕，肯定會覺得很無奈吧。」

這名犯人將駭人聽聞的殺人案，描述得像是什麼有趣的遊戲，聽得趙世俊毛骨悚然。不過即使感到恐怖，他卻也能理解這番話的涵義。許多連續殺人犯跟一般人不同，他們無法同理他人，也不會對他人的情緒有任何反應。他們只能透過這種極端方式，激起他人最激烈的情緒，讓自己的心獲得刺激。趙世俊想起他曾看過一名犯罪側寫師形容，殺人會造成一種奇特的現象……

還正想著，他忽然聽見列車抵達開峰站的廣播響起。由於地鐵一號線是在地面運行，因此他必須先從月台上到架高的車站，再搭乘電扶梯下樓才能出站。下電扶梯後他四處張望一下，便往前方不遠處有水果店與化妝品店的小廣場走去。隨後再轉進一條小路，從社區公車停靠站牌前走過行人穿越道。這時對街轉角的包子店恰巧有包子出爐，蒸氣自店內噴出，短暫遮蔽了周圍行人的視線。他越過這陣蒸氣，穿過一處一樓開了許多商店的公寓社區，沿著路繼續走下去。由於出門前已上網確認吳亨紀住家位置，因此才能這麼篤定地往目標前進。

沿著路一直下去，來到有加油站的十字路口，過馬路後則是沿平緩的上坡繼續前進。他終於抵達住宅區，大部分是新建的多戶住宅[1]，但也有不少仍保留尖式屋頂的古早洋房。巷子盡頭有座巨大教堂，路也在教堂前左右岔分開來。這時他已經幾乎來到半山腰，即使走得喘吁吁，但迎面吹來的風卻讓他感到些許涼爽。左右兩條路都狹窄且蜿蜒，他毫不猶豫朝吳亨紀住家所在的左邊走去。經過兩棟名叫豐年的老公寓後，抵達了一處全是老舊洋房的社區。趙世俊停下腳步，拿出手機確認吳亨紀的住址。

「就是這裡。」

一棟約莫在一九八〇年代建造的洋房，以高高的水泥圍牆與鐵窗將內外一分為二。大門上斑駁的藍色油漆看起來也有相當的歲月。趙世俊將手機裝上拍攝用

1　四層樓以下的獨棟建築，一層一戶，可獨立買賣、登記，通常與其他樓層的住戶共用樓梯與大門。

的手持穩定器，一腳踩到一旁的空花盆上頭。他將手機伸過圍牆，透過螢幕看牆內的情景。玄關與大門只有幾步路的距離，一旁還有通往半地下室的階梯。他想把這次調查的過程拍成能上傳 YouTube 的影片，便一邊拍攝一邊錄製旁白。

——各位！還記得十五年前殺害柳名優教授妻女以及一名古書店老闆之後，就銷聲匿跡的殺人犯嗎？據說在那之後他仍然繼續殺人。我現在正在調查這起案件，並找到了幾名可疑的對象。此刻我就在其中一人的家門外。這棟房子看上去非常普通，住在裡面的人，究竟有沒有可能犯下這些駭人聽聞的案件呢？當然，我還沒有明確的證據，只是分析許多證據與線報之後，實在無法排除這名住戶犯罪的可能性。接下來我會深入調查，想辦法找出線索。

為影片配完短短的旁白之後，趙世俊緩慢移動穩定器，試圖將屋內的情景拍得更清楚一些。

「這樣應該夠了。」

他跳下花盆，將手機從穩定器上取下後看了看四周。由於天色還很亮，所以除了一些居住在附近的老人之外，並沒有什麼路人經過。趙世俊一邊倒著朝巷口退出去，一邊觀察整條巷子的環境。他在退到巷口轉身時，隨即被擋在自己眼前的人嚇了一大跳。

在他面前的正是柳名優稱為「父親」的嫌疑人吳亨紀。他穿著運動褲跟連帽T恤，一手拿著黑色塑膠袋，一手牽著應是他兒子的男孩。趙世俊瞬間驚慌失措，擔心才剛開始調查就暴露了身分。正在思考該如何辯解時，吳亨紀竟直接牽著兒子走開，看都不看他一眼。趙世俊慌忙轉身，看著吳亨紀帶兒子進屋。見大門關上後，他隨即衝了過去，踩在剛才用來墊腳的花盆上頭往圍牆內偷看。吳亨紀一進門便將塑膠袋交給兒子，要兒子進屋，自己則是往地下室走去。

「為什麼他們不一起進去？」

趙世俊正感疑惑時，踏上台階往玄關走去的龍俊突然停下腳步作勢轉頭。趙世俊心頭一驚，趕緊跳下花盆往巷口奔去。衝到巷口稍稍冷靜下來後，他才想通為何吳亨紀沒把他當一回事。

「因為他根本不可能認得我的長相啊。」

雖然他跟吳亨紀都去過記憶書店，可是並不是同一個時段前往，所以即使碰面也不可能認出彼此。趙世俊鬆了口氣，深深佩服柳名優刻意採行預約制，讓客人們彼此不會打照面的安排。

「難道他也事先料想到這種可能性嗎？」

他感嘆柳名優真是個行事謹慎的高手，並離開巷子走回大馬路。行經黃色招牌的超市後，出現一條建物大多是兩層樓高的低矮商店街，其中兩間比鄰的房屋仲介店鋪引起了他的注意。房仲的玻璃窗上貼滿了待出售的物件資訊，在第二間房仲貼出的資訊當中，他看到吳亨紀家隔壁那棟洋房的出售訊息。趙世俊停下腳步，確認價格與坪數之後便開門入內。他原本預期會遇到中年或老年男性房仲，卻意外看見一名三十多歲的女性坐在電腦前辦公。女子一聽見掛在門上的鈴鐺發出聲響就抬起頭來，趙世俊隨即開口。

「我想看房子。」

聽完他的來意，女子戴上放在螢幕旁的眼鏡走出來迎接。女子所坐的辦公桌一角，掛著「金賢珠室長」的名牌。金室長帶領趙世俊到一旁的桌邊坐下，自己則拿著平板電腦坐在趙世俊對面。

「您想看哪裡的房子呢？」

「那邊巷子裡的。」

趙世俊說出吳亨紀家隔壁的地址，金賢珠便點點頭。

「二十三號對嗎？房子雖然有點老了，不過占地面積大，適合整棟打掉改建成多戶住宅。」

「順便問一下，二十三號隔壁那間也有要賣嗎？」

「隔壁嗎？」

「對，就是藍色大門的那間，一口氣蓋兩棟比只蓋一棟更省錢嘛。」

金賢珠認真看著平板檢視資料。

「的確一直有人來問，但……」

她輕咬著下唇思考，隨後便將平板電腦放在沙發前的矮桌上。

「那戶的屋主有些固執不講理。」

「是喔？屋主是怎樣的人？」

「年輕……不，是個有點年紀的大叔，不管去哪都會帶上兒子。」

「這樣啊。」

回想了一下剛才看見吳亨紀跟兒子龍俊的情景，趙世俊接著問：

「我想同時把那兩間房子買下來，有什麼可行的方法嗎？」

「您別想了。之前也有幾個人來問過，所以我就去找屋主商談，結果他怎麼也不肯賣。」

「為什麼？」

趙世俊面露遺憾。金賢珠嘆了口氣道：

「我也不知道。曾經有買家出比市價高一千萬韓元的價格，但他想也不想一口就回絕了。實在很少遇到這種情況，於是我就問他為何不賣，結果他說那房子裡有他跟妻子的回憶，所以在兒子長大之前都不想賣。」

「還真是浪漫啊。」

「這個時代大家最看重的就是錢，沒想到他居然會為了回憶而捨棄高價出售的機會，當然我也不好意思再多說什麼。」

「能夠兩間一起買下來同時施工是再好不過了。」

趙世俊不肯放棄任何一絲希望，金賢珠便接著說：

「您有考慮馬路邊的物件嗎？那邊的物件面積也跟這裡差不多。」

她操作起平板電腦，展示出鄰近房子的平面圖。趙世俊只看了一眼，便裝模作樣地說：

「就在大馬路邊耶，現在蓋在大馬路邊的公寓，不是都會被住戶嫌吵嗎？」

見金賢珠認真尋找替代方案，趙世俊擔心弄假成真，所以雖然不了解房地產市場的狀況，但還是裝模作樣地搖搖頭拒絕了。幸好金賢珠也認同他的意見，於是俐落地收好平板電腦並低聲道：

「那兩間能一起賣真的是再好不過了。」

「屋主會不會也是在死撐著等房價上漲？」

聽趙世俊這麼說，金賢珠歪著頭想了想。

「我沒跟他聊得太深入，他只是告訴我說那裡留有他與妻子的回憶，所以才不想搬走。他都說成這樣了，我也不好意思再提有人願意用高於市價的價格購買。」

「也對，真是太可惜了。」

趙世俊裝模作樣地表示遺憾。這趟收穫雖然不如預期，但至少也掌握了這一帶的環境，因此他起身向金賢珠道別，表示之後有機會再過來。金賢珠眼看討論告一段落，便走回辦公桌旁準備繼續辦公。但就在趙世俊走到門邊握住門把時，金賢珠突然開口叫住他。「請您不要親自去找屋主。」

「為什麼？」

正準備走出大門的趙世俊，一手握在門把上，轉過頭來看著金賢珠。金賢珠沒有抬頭，只是專注地盯著螢幕。

「他有點奇怪。」

「這是什麼意思？」

金賢珠這才嘆了口長長的氣，並抬起頭來看著他。

「我大學畢業之後就職不太順利，所以就來到我爸開的不動產仲介工作，今年已經是我當仲介第十五年了。」

「所以呢？」

「從事這份工作的過程中，我遇過形形色色的人，跟很多人談過話，也算是滿會看人的，而那個人給我的感覺有點……」

金賢珠遲疑了會兒，才接著說道：

「有點奇怪。」

「我想也是，現在會為了跟妻子的回憶而選擇不賣房子的人確實不多。」

「我實在不敢肯定究竟只是因為回憶，還是有什麼其他原因。」

金賢珠的臉蒙上一層陰影。趙世俊看著她，似乎多少能理解這種感受。這世上有些人總能很快察覺他人身上散發的憂鬱、陰沉氣息，趙世俊認為自己也有這種看人的直覺，只是沒想到竟會在不動產仲介遇到與自己相似的人。他鬆開握著門把的手，轉身看著金賢珠。

「您是認為還有其他原因嗎？」

金賢珠皺了皺眉。

「我其實也不太清楚，只是覺得他跟我小時候見過的一位叔叔有點像。當年那位叔叔住在我家附近一棟頂樓加蓋的房子裡……」

「這是什麼意思？」

趙世俊聽得摸不著頭緒，金賢珠面色凝重地接著說：

「他每天都穿著運動背心在街頭閒晃，不時用髒話辱罵往來的行人。他會對人吐口水、丟瓶子，還對路過的女生說一些不堪入耳的難聽話。」

雖然對話的方向似乎越來越偏，但趙世俊決定耐著性子聽下去。

「聽說他搬走之後房東阿姨去打掃那間房間，差點嚇暈過去。」

「為什麼？」

「聽說他用捕獸陷阱抓了很多流浪貓和鴿子，然後非常殘忍地……」

金賢珠雖沒把話說完，但趙世俊隨即明白是什麼意思。他不知該作何反應，只是一臉茫然地望著金賢珠。金賢珠再三猶豫後才開口。

「我覺得那個屋主跟頂樓大叔的感覺很像。」

「唉唷，不會有這種事吧？」

金賢珠搖搖頭。

「頂樓大叔真正令人害怕的地方，是他的眼神。他的眼神完全不像人，更像是一頭野獸。我想一般男人應該很難理解，不過女人在這方面的直覺大多很準，所以勸你千萬別去接近那個屋主。」

沒想到會被房仲勸阻，趙世俊不知該如何回應。

「好，我知道了。」

離開不動產後，趙世俊走回到大馬路上。今天確認吳亨紀住家的所在之處已經很有收穫，他決定先調查到這裡，便朝地鐵站前進。這時，他突然聽見手機接收新郵件的聲音，拿出手機一看，是柳名優寄了另一位嫌疑人的資料來。

「我又不是在玩什麼解謎遊戲，怎麼才剛做完一件事，立刻就有新的任務啊？」

抱怨歸抱怨，但他也沒忘記柳名優並沒有指定調查期限，或要求他即時回報結果，所以他決定回家後再細讀這封信。往地鐵站的路上，趙世俊拿起手機對著自己的臉開始錄影。

——我正在回家路上，整件事情讓我感到很混亂。偶然在路上遇見那對父子，看起來就像一個平凡的家庭。但我很清楚，平凡之中絕對隱藏著巨大的惡。

趙世俊說完後露出微笑，對這段臨時編出來的台詞很是滿意。他停在一間已經熄燈的寵物店前停下，打算為今天的調查錄一個結尾。

——今天我拜訪了第一位嫌疑犯的家。雖然他看似極其普通，但附近居民都點名他是怪人。而且我聽說，即使有人開出高於市價的價格，他仍然不肯出售自己的房子。那棟房子裡究竟藏著什麼祕密，竟然讓他怎麼也不願意賣？

話說完後，他又再等了一會才按下停止鍵。趙世俊感到心滿意足。今天最大的收穫就是掌握吳亨紀為人固執，以及堅決不願出售房子的情報。這也更讓他相信，那房子裡肯定藏著與殺人案有關的證據。想到獵人是個愛書人士，趙世俊忍不住想像起吳亨紀家中或許堆了不少古書。

「這世上瘋子還真多啊。」

他這句話不僅是在說吳亨紀，更是在說柳名優。那起案件的當事人柳名優，竟願意花十五年的時間追凶。他選擇用開書店這種不可思議的手法，吸引獵人來到自己身邊，甚至還拜託趙世俊幫忙追蹤獵人。雖然答應幫忙，但趙世俊覺得自己就像棋盤上的一顆棋子，這種任人擺布的感覺，讓他調查起來有些不情不願。

「我是不是莫名捲入一件太複雜的事情裡了？」

只不過柳名優提出的回報實在太誘人，讓他無法輕易拒絕。趙世俊邊走路邊搔著頭，越想越感到煩悶。這時，他突然感覺後方有人注視著自己，一回頭卻發現身後空無一人。

「是錯覺嗎？」

他繼續前進，但那股被監視的寒意卻揮之不去。為了確認是否有人尾隨，他決定停在公車站，假借確認公車進站的狀況，偷偷查看後方的情況。但他身後只有正在跟朋友聊天的中年婦女、低頭看手機的男學生，以及叼著一根菸的中年男子。無論如何看，他都找不到那股視線的來源。

「是我搞錯了嗎？」

正當他以為這是自己太過敏感而產生的錯覺，決定繼續往地鐵站前進時，眼角餘光突然瞄到有個影子鑽進前方辣炒雞排店旁的巷子。趙世俊小心翼翼地朝巷子走去，裡面有一間理容院與辣炒年糕店，還有一個小孩緩慢往巷子深處走的背影。

「我看錯了嗎？」

雖然滿心狐疑，他還是決定離開。就在這時，他忽然瞄到巷子裡的小孩停下腳步，微微轉過頭來看著巷口。這孩子的動作有些不自然，並不像走錯路或正在等誰的模樣，而且那背影似乎有些眼熟。

「會是誰啊？」

他原本並不打算上前查看，可是就在準備離去時，他發現那孩子瞬間衝進一旁的小巷。由於整個狀況實在太過可疑，他趕緊跟了上去，但是巷內絲毫不見人影。這個小意外讓他很在意，卻又摸不著頭緒，只好離開巷子，穿越人群來到地鐵站入口。搭上人潮擁擠的電扶梯來到中段時，趙世俊又感受到有人正注視著自己，他回過頭看，後方卻是一整排面無表情搭著電扶梯的乘客。雖沒發現任何可疑之處，卻讓他莫名在意。

「這到底是怎樣？」

有些不耐煩的他低聲嘟囔了幾句，並在電扶梯來到頂端後邁開步伐往驗票閘口走去。恰巧閘口上方電子告示板顯示往他家方向的列車即將進站。

「糟糕！要趕不上了！」

趙世俊趕忙進站，三步併作兩步跳下階梯。就在這時，他注意到階梯頂端有人正毫不遮掩地盯著自己，只是趕車的他沒有多做停留，而是全力往月台衝刺，並一腳跳入車門即將關閉的列車。進入車廂後，他才終於能抬頭看看階梯頂端的人究竟是誰。

站在車門邊，抓著扶手不停喘著氣的趙世俊，抬頭往階梯頂端看的瞬間，全身一陣發麻，因為站在階梯頂端的不是別人，正是吳亨紀。

「這會是偶然嗎？」

原本站在他身旁專注看手機的男學生，被他突如其來的自言自語嚇了一跳，趕忙換了位置，離他遠一點。列車駛離之後，趙世俊才逐漸冷靜下來，並開始認真思考一切都只是偶然的可能性。吳亨紀可能只是偶然在這時間來地鐵站，也可能只是因為有人急忙跑起來而注意了一下。只不過趙世俊一一否定了這些假設，因為無論怎麼想，吳亨紀出現在那都不像偶然。

「他就是在看我，想確認我的長相。」

他刻意咳了幾聲，意圖避免這番自言自語的行徑引人懷疑。

趙世俊打從心底相信自己的猜測。他今天第一次見到吳亨紀本人，那時父子倆剛購物完返家，可是沒過多久吳亨紀便跟著他出現在地鐵站，如果是在等人或來買東西，根本不需要在那個能看見月台發車的位置停下腳步。

「他已經發現我來調查他了。」

如今自己對吳亨紀來說已不再是素昧平生的陌生人。驚覺自己身分已經曝光的趙世俊，氣憤地舉拳用力捶了下車廂扶桿。方才那名被他嚇到換了位置的男學生，見這人舉止益發怪異，搖了搖頭便往其他車廂走。趙世俊甩了甩因用力過猛而發疼的手掌，看著窗外繼續思索。

「我為什麼都沒發現他跟蹤我？」

他刻意停在公車站查看是否有人尾隨時，並沒有見到吳亨紀的身影……

「難道是有我不認識的人幫忙他跟蹤我？」

他突然想起在雞排店旁巷內的那個小孩。

「王八蛋，居然叫兒子來幫忙跟蹤。」

趙世俊清楚記得男孩在進入玄關門前，確實還回頭往圍牆外看了一下。那時他以為自己沒有被發現，顯然是他太天真了。他直盯著車窗外的風景，對自己破綻百出的調查行動懊悔不已。這次經驗讓他意識到，這個調查似乎不如想像中容易，他一方面有些害怕，卻又興奮不已。

「這批素材好好剪接再上傳，肯定會大紅。」

他決定先回家整理今天拍到的素材，順便規畫影片未來的方向。想到這裡，他的心情也不再那麼沉重，在發現車廂內有空出的座位後，他過去坐了下來讓緊繃的身心稍事休息。

回家路上，趙世俊多次回頭確認後方是否有人尾隨。雖然已經確認吳亨紀並沒跟來，但回到家之後他仍相當仔細地鎖上門窗，才敢放鬆警戒坐下來喘口氣。隨後他到廚房從冰箱拿罐咖啡喝，接著馬上進房整理要寄給柳名優的調查簡報：

——前往嫌疑人「父親」的住處調查。（……）

他鉅細靡遺描述所有情況，但隻字未提被吳亨紀的兒子尾隨、最後在地鐵站看見吳亨紀的事。他本想連這部分也一起報告，卻擔心柳名優會以趙世俊長相已經曝光，不宜繼續調查為由，轉而將剩下的工作委託給之前提到的那位偵探。

「過幾天我要再去一趟。」

附上今天拍的照片把信件寄出後，趙世俊靠在椅子上對著電腦螢幕的畫面喃喃自語。

「他兒子為什麼這麼聽話？」

如果吳亨紀真如柳名優所述是個會家暴的父親，兒子應該不太可能積極幫助爸爸，沒想到這孩子竟然代替父親尾隨他人？

「這算是斯德哥爾摩症候群嗎？」

不知道孩子究竟是幫助加害者的被害者，還是在精神上受父親支配，但趙世俊決定先不繼續深究。他已整理出幾個能證實吳亨紀是不是獵人的疑點，接著打開吳亨紀住家照片來仔細查看。

「這十五年來獵人都在做什麼？」

他一邊看影片一邊喃喃自語。殺害柳名優的妻女之後銷聲匿跡，事隔十五年卻再度找上門。當年他殺了兩個人，不，包含古書店老闆共有三人受害。殺了三人之後，他會過著怎樣的生活？趙世俊想起柳名優曾說過，十五年來獵人並未停止狩獵。一想到剛才在靜謐住宅區看到的那名男子，很可能是與柳永哲、鄭南圭、李春材等人齊名的連續殺人犯，趙世俊立刻有了答案。

「他肯定不是過著平凡人的生活。」

獵人想必犯下多起不為人知的殺人案。這代表他首先要綁架目標，接著在不驚動四鄰的情況下殺人，然後還要神不知鬼不覺地處理掉屍體。想到獵人拜訪書店時對柳名優說過，這十五年來他從來不曾失手，趙世俊認為自己的假設很有可能是真的。

「這樣就能縮小調查範圍了。」

事實上處理屍體並不如一般人想像的那麼容易，重達數十公斤的肉、骨、頭髮以及大量的血液，處理起來相當棘手。雖能採取焚燒或帶到山中掩埋的方式，但萬一屍體被發現，反而容易被警察盯上。畢竟只要警方一展開調查，很快便能循線找到可疑的對象，所以為了不使犯行曝光，連續殺人犯必須擁有專門用於處理屍體的私人空間。一九九〇年代喧騰一時的至尊派事件[2]，凶手就是在殺人之後找了個祕密基地處理屍體，才讓警方一時之間找不到線索。吳亨紀的住家是空間較為寬敞的獨棟洋房，而且還有個半地下室，的確有足夠的空間處理被害人的屍體。

「而且他還不想賣那棟房子。」

仔細想想，確實如房仲金賢珠所說，吳亨紀這人有許多可疑之處。

2 一九九三年七月至一九九四年九月間發生的連續殺人案，共有五人遭到殺害。

「就先針對這幾點深入調查吧。」

趙世俊決定先釐清這幾個疑點，若證實自己的猜測為真，再繼續之後的調查。他先將自己對第一名嫌疑人「父親」的想法整理成文字，然後才打開柳名優不久前寄來的第二封信。

「嫌疑人『曉』……」

柳名優篩選出的第二號可疑人物「曉」住在新林一帶。隔天趙世俊便搭地鐵來到新林站，轉乘公車後又花了一段時間，才來到曉的住家附近。曉似乎住在半山腰上，通往其住處的上坡路入口處，有間販售馬卡龍與咖啡的複合式書店，書店的二樓則是一間網咖。他小心翼翼地經過店家搖搖欲墜的招牌下方，踏上略為陡峭的上坡路。又走了一小段路之後，他彎進一條巷子，巷內原本趴在矮牆上的流浪貓一見到陌生人，瞬間抬起頭來瞇眼擺出警戒姿態。

柳名優點名的可疑人物金曉，就住在位於這條小巷中段的多戶住宅。地址上寫著英文字母B，代表他住的是半地下室。走進眼前這條蜿蜒曲折的小巷，趙世俊很快就找到了目標。其實這巷子裡的住宅多是同一時期建造，外型均十分相似，幸好每一棟都有門牌，他才能不費吹灰之力找到金曉的住處。柳名優說金曉對書毫無興趣，且體型與獵人差異甚大，很有可能不是獵人，但趙世俊決定先不考慮這幾點。他長期經營以重大刑案為主題的影音頻道，深知一個人會不會犯案，與其外型並無太大關聯。雖然有些人主張面相能看出一個人的個性與行為，但他完全不信那套。

「獵人肯定長得人模人樣。」

好比惡名昭彰的柳永哲，也是長得人模人樣的。一般人跟他比鄰而居，肯定只會以為他是普通社區住戶。可怕的魔性只會藏在內心，從外表根本看不出來。或者就如柳名優所說，獵人就是黑暗，一般人怎可能看得清？這般想著，不知不覺便來到金曉居住的住宅門口。這棟公寓的大門平凡無奇，入口處玻璃門上貼著「勿張貼廣告傳單」的告示。趙世俊左右張望，確定四下無人，才小心翼翼推門入內。他先下樓往地下室走去，隨即看見左右相對的兩扇門，轉向右邊的一〇一號就看見門上紅灰配色的電子門鎖。這扇門後便是獵人候補之一的金曉。趙世俊先四處查看，確認並無什麼可疑之處。

「看起來不像是個能殺人的空間。」

昨天調查的吳亨紀家中有獨立的半地下室，獨棟洋房跟周圍住戶之間有段距離，想要在家中做什麼都不容易被察覺。而金曉住的是房舍緊鄰的多戶住宅區，就連煮個味道重一點的東西，都會立刻被鄰居發現。

「不過他也可能有其他的祕密基地。」

趙世俊站在門前看了一會兒，突然想起昨天遭遇吳亨紀的事，擔心這麼探頭探腦會與「曉」撞個正著，便趕忙爬上樓梯走到大門外頭。他記得柳名優那封信上還附了金曉經常出沒的地點，其中之一就是剛才那間複合式書店二樓的網咖。

「反正回去也會經過，不如就去看看吧？」

趙世俊沿原路離開，方才趴在圍牆上的流浪貓在他經過時仍緊盯著他。回到上坡路的入口處，趙世俊直接往書店二樓的網咖走去。因為還是白天，網咖的人並不多。櫃檯上散落著開封的零食包，戴眼鏡的工讀生沒有起身迎接，只是隨口敷衍了句「歡迎光臨」。

趙世俊笑著對工讀生說：

「我來找朋友，進去找一下他在哪裡。」

工讀生隨口應了聲好，趙世俊便入內四處查看。

「人不在這嗎？」

店內清一色是男客人，他們戴著頭罩式耳機，面無表情地看著螢幕，乍看之下長相都差不多，實在難以分辨出誰是金曉。正當趙世俊準備放棄離開時，突然瞥見目標就坐在店內最角落位置。擔心靠太近會被發現或讓金曉起疑，趙世俊選擇在金曉的斜對面坐下，以便就近觀察又不容易被發現。他打開電腦假裝看螢幕，並悄悄拿出迷你腳架裝上手機，確認四周沒有任何人之後，他便按下錄影鍵，對著鏡頭低聲說：

——大家好，我正在追查十五年來犯下多起殺人案的連續殺人魔。極有可能是犯人的可疑人選，就在現在我身處的這間網咖裡。我現在坐在能清楚觀察到他的位置。這名可疑人士外表雖像平凡的社區大叔，內心卻可能藏著殘暴的惡魔。

趙世俊低聲說完一段開場白後，便抬頭看了看金曉，並悄悄舉起桌上的迷你腳架偷拍。他有些提心吊膽，但幸好金曉的注意力全在螢幕上，並未發現有人在偷拍自己。正當趙世俊鬆了口氣，並開始將手機從腳架上拆下，剛才那名戴眼鏡的工讀生卻突然朝這裡走了過來。擔心工讀生是要前來制止自己偷拍，趙世俊慌忙收拾起東西，沒想到對方卻是繞過自己走到金曉身旁。

「先生！你不能用我們這裡的電腦看這種東西！」

工讀生尖銳的聲音瞬間傳遍了關得密不通風、燈光昏暗的網咖。金曉隨即脫下頭罩式耳機。

「又沒人看到，而且我也沒發出聲音影響別人啊，幹麼一直來找我碴？」

「老闆上次就跟你說過了，你不能在公眾場所看色情片。」

「我後面是牆壁，旁邊也沒人啊。」

金曉指著身後的牆壁大聲說。工讀生不滿地雙手叉腰，搖了搖頭說：

「你知道有多少人來投訴嗎？有國中女生說你在她們面前把手伸入褲襠，還有客人說你把影片音量調高嚇到他們，已經不止一、兩次了！」

「靠，我是有怎樣喔？」

「我這次不收你錢，你趕快走吧。」

「我來這裡又不是沒花錢，幹麼趕我？」

「老闆正在過來的路上，他要我告訴你，等等他如果看到你還在店裡，就要報警抓你。」

聽見警察兩個字，原本理直氣壯的金曉瞬間退縮，他一改囂張的態度，趕忙向工讀生道歉並離開現場。見金曉倉皇離開，工讀生不耐煩地拿出手機，撥電話回報網咖老闆金曉已經離開，掛電話前還抱怨了幾句才準備回櫃檯。趙世俊半途攔下工讀生，一臉好奇地問：

「他為什麼被趕出去啊？」

工讀生皺著眉搔了搔頭說：

「還不就是因為他老是來這裡看些奇怪的影片，煩死了。」

「什麼奇怪的影片？」

「就色情片啊，怎麼每天看都看不膩啊？」

「他怎麼這麼大膽，居然來網咖看那種東西？」

「我也不知道，煩死了。之前就有很多人來投訴，但不管怎麼勸都沒用，已經有好幾個工讀生被煩到受不了辭職了。」

「竟有這種事，真是太過分了。」

趙世俊跟著譴責了幾句，工讀生也繼續下去。

「而且那個人的風評真的很差。」

「發生什麼事了？」

「我們這一帶都在傳，說他有戴電子腳鐐。」

這番話令趙世俊忍不住皺眉。這段時間獵人犯案始終沒引起任何關注，應該不會犯下任何需要戴上電子腳鐐的罪行。從獵人的行為模式推測，他也不像是會在公共場所明目張膽地看色情影片的人。不過趙世俊決定在找到明確證據之前，先不做任何判斷。工讀生又嘀咕了幾句才走，趙世俊本打算就此起身離開，但又怕金曉前腳剛走，他便跟著離開會引人注目，於是決定再坐一會兒。恰巧這時柳名優的第三封郵件寄達，信中附上了第三位，也就是最後一位獵人可能人選，木匠金成坤的個人資料。趙世俊操控滑鼠點開郵件，螢幕上立即展示出金成坤的檔案，他是柳名優篩選的三名嫌疑人當中，與獵人最為相似的一位。

「這傢伙跟獵人一樣也是個耍刀的啊。」

趙世俊看著檔案沉思了一下，接著便重新把手機裝上迷你腳架開始錄影。

——社會上多數人都害怕血與死亡，因為人們對這兩者並不熟悉，且從小便被教育血與死亡都帶有負面意象。不過少數的喪心病狂與失控的連續殺人魔，則一點也不害怕殺人。各位知道為什麼嗎？

短暫停頓後，趙世俊對著鏡頭輔以手勢繼續說下去。

——因為他們認為事不關己。他們認為痛苦的不是自己、受害的不是自己，所以他們才會殺人。殺人讓他們覺得有趣，而且也能搶到錢財，最重要的是看到受害者恐懼的模樣，是他們人生的一大樂事。各位……

趙世俊緊咬著下唇，再度停頓了一會兒才接著說：

——連續殺人魔是戴著人類面具的惡魔。我們只能試圖從人群中分辨出他們，並避免與他們正面遭遇。只不過難就難在，他們的外表與一般人無異。

趙世俊覺得再說下去似乎會模糊焦點，決定停止錄影離開網咖。他想再去看看金曉的狀況，便推敲了一下金曉可能的去向。

「他應該會回家吧？」

趙世俊沿著剛才的上坡路折返，原本趴在圍牆上的流浪貓已經不見了。隨著太陽西下，路燈也一一亮起。趙世俊經過昏暗的小巷，來到金曉居住的公寓大門口。確定附近沒有別人，他才從背包拿出手持穩定器裝上手機開始錄影。

「一〇一號是右邊吧？」

他低聲地喃喃自語。這區的住宅頗為老舊，由於當時建築法規並無規定，因此住宅的一樓沒保留停車空間，頂多只有大門前一塊小空地勉強供一台車停放，也因此要找到窗戶並不困難。只是從住宅正面看過去無法看見半地下室的窗戶，趙世俊改往一〇一號所在的右側繞過去，果然看到一扇能窺見半地下室內部、設有綠色鐵柵的窗戶。

屋內透出明亮的光線，趙世俊走到窗邊，低頭就看到金曉的背影。他貼著牆小心翼翼探頭看，只見金曉背對窗戶坐，身著白色背心，下半身穿條紋四角褲，正緊盯著電腦螢幕。趙世俊跨出一小步想看清楚螢幕上的東西，鞋子卻不小心與滿是沙子的地面磨擦出聲。他擔心聲音會從敞開的窗戶傳入屋內，但幸好金曉跟在網咖時一樣戴著頭罩式耳機，絲毫沒察覺到外頭的動靜。趙世俊一開始鏡頭對準金曉，後來注意到他電腦螢幕後方牆上貼著某些東西，便調整鏡頭對準牆壁拍了幾張照片。接著他又往旁邊挪幾步，調到能拍到金曉螢幕的位置。可能是因為這時發出的腳步聲太大，引起了金曉的注意。金曉突然想轉頭察看，卻因為耳機線打結限制了轉頭幅度。趁著金曉專注解開糾纏的耳機線，趙世俊趕忙緊貼牆壁不敢妄動。他從近在咫尺的粗喘呼吸聲，聽出金曉來到窗邊查看屋外動靜，幸好他躲在屋內看不見的位置。最後金曉關上了窗戶，差點被發現的危機也終於解除。趙世俊趕忙往巷口走，邊走邊將手機從穩定器上取下。這時一輛車駛入巷內，刺眼的大燈讓趙世俊睜不開眼，他貼牆讓出空間等車子駛過，並加快步伐離開金曉家所在的巷道，搭乘公車回到地鐵站，剛好他要搭的列車也正好到站。

回家途中他不斷琢磨思考：金曉家空間狹窄，個性又不謹慎，是獵人的可能性並不高，但若有其他祕密基地就另當別論，而且也無法排除這一切只是障眼法。說不定盡做些引人注目的事，就能誤導一些像趙世俊一樣暗中進行調查的傢伙，幫自己洗清嫌疑。趙世俊覺得思緒有些雜亂，便把頭靠上旁邊的柱子。

「我得再整理一下資料了，想想該怎樣才能逮住他的狐狸尾巴。」

趙世俊嘆了口長長的氣並閉上了眼，專注聽列車行進間發出的顛簸聲響，嘗試讓腦袋稍事休息。回到家後他立即打開電腦，詳讀稍早柳名優寄來的第三封郵件，抄錄下最後一位嫌疑人金成坤的資料。信中寫到，金成坤除了在天安經營一間木作坊之外，也經常舉辦實體或線上的古書相關講座。

「太好了，去天安之前可以先去講座看看。」

他打開柳名優提供的講座報名連結，查看距離自己最近的講座地點。

「兩天後在光化門的複合式書店就有一場。」

報名完成後，他本打算休息，但是對金曉的疑慮仍在他腦中盤旋，便決定先將手機拍下的影音檔案傳入電腦，順道查看一下照片與影片。起初他只是隨意翻看，但越看表情越僵硬。看見最後一張拍攝金曉螢幕的照片之後，他吃驚地張大了嘴。起身在房裡來回踱步。花時間理了一下思緒後，他坐回電腦前寄封郵件給柳名優，內容是約他明天立即碰個面。

很快的，柳名優回信請他隔天下午來書店一趟。

嫌疑犯們

隔天，趙世俊來到書店，柳名優正在店內讀書。

「請進。」

「你平時要親自接待客人，竟還特地撥時間來見我，真是太感謝了。」

「你知道的，其實目前來預約的客人還不多。」

「我已經調查過吳亨紀與金曉兩人，我認為金曉不是犯人的可能性很高。」

「他來店裡時，我也有類似的感覺。」

柳名優用眼神示意趙世俊繼續。趙世俊邊查看書架上的書，邊講述自己觀察的結果。

「他的行為太引人注目了。此外住在多戶住宅的半地下室，房間那麼小，應該不太適合用來處理屍體？空間隱密性也不夠。當然，他也可能有其他處理屍體的祕密基地。」

「這點我會再派人去查。」

「我一開始是在網咖找到他，當時我覺得他就只是個變態。」

「聽你這麼說，似乎是發現什麼問題？」柳名優趕緊追問。

「我想先讓你看一下照片會比較好。」

趙世俊從背包裡拿出平板電腦，將畫面放大之後交給柳名優。柳名優雙手接過並仔細查看，趙世俊則觀察著他的表情。

「他住的半地下室房間，貼了很多你的照片，看起來都是從遠處拍攝你去電視台或拍節目外景的樣子。其中也有一些你在高樓層公寓裡的照片，那是你的住處嗎？」

「是我以前住的地方，為了開這間書店，我已經把那間公寓賣了。」

「你見到他本人之後有什麼感覺？」趙世俊問。

柳名優回想當時的會面，忍不住皺起了眉頭。

「他說他跟我一樣到過法國留學，不過他對書沒有什麼興趣。」

「看來他是一直都在跟蹤你，聽說你開店就特地跑來了。」

柳名優看了一眼螢幕上的照片，接著搖了搖頭。

「雖然不像偶像團體被跟得那麼誇張，但確實也有些人會跟蹤我。我想既然要上電視拋頭露面，這也是我必須承擔的後果。」

「你看看後面，其實那才是最大的問題。」

柳名優拿起平板電腦繼續檢視照片，隨即露出驚訝的神情。

「這是什麼？」

「那是金曉的電腦螢幕畫面。我本來沒有想拍他的螢幕，那只是偶然被鏡頭捕捉到。」

「他真的不是正常人，居然在看虐殺片。」

趙世俊點點頭，接著說道：

「沒錯，而且這部片只有在幾年前曾紅極一時、一般搜尋引擎無法找到的暗網才有。」

「光用變態來形容他似乎還不夠呢。」

趙世俊從柳名優手上接過平板電腦。

「我也嚇了一跳，然後就覺得這傢伙或許有可能是獵人。」

「你認為有可能嗎？」

「我認為他這些年來不可能安分守己過著普通生活，他可能持續殺人，也可能透過其他類型的犯罪滿足自己的需求。」

「你覺得他為什麼沉迷暗網？」柳名優不解地問。

「如果他參與暗網經營，那自然是因為能夠賺錢。如果他持續殺人，那麼暗網就能幫他處理掉屍體，並讓他賺錢維繫個人生活。」

聽完趙世俊的說明，柳名優複雜的心情難以言喻。

「這是我沒想到的部分。」

「我想還需要再監視他一段時間。」

趙世俊將平板電腦收回背包，補充說：

「還有，吳亨紀這個人真的很可疑。」

「跟兒子一起來的那位，對吧？」

「沒錯。」

「為什麼他很可疑？」

「第一個疑點是他家。」

「你是指他住的地方嗎？」

「對，他跟兒子一起住在有寬敞庭院的老式洋房裡。我問了附近的房屋仲介，仲介說他堅持不賣那棟房子，即使有人出高於市價的價格也不賣，這實在很可疑。金曉雖然行跡可疑，不過他住的地方太小，沒有處理屍體的空間。」

「用這點來當證據似乎還有些不足。」

「而且周遭的人對吳亨紀的評價也不好。我認為他似乎在隱瞞，或是想要隱瞞些什麼。」趙世俊雙手抱胸神色凝重地說。

「得再深入調查一下了。」柳名優說，「還有，剛才我查到一件很有趣的事。」

「什麼事？」

他拿起夾在輪椅扶手邊的手機給趙世俊看。

「戶籍謄本上只有吳亨紀一個人。」

「什麼？但他不是跟兒子住在一起嗎？」

「他們也是兩人一起來書店的，但文件上吳亨紀卻是單身。這有兩種可能，第一是龍俊是他親生的孩子，但沒有辦理出生登記，或者龍俊是從孤兒院領養來的，卻沒有登記為家人。」

「因為沒有登記，所以就算孩子突然消失，也無法在法律上採取任何措施。」

柳名優將手機重新夾回輪椅扶手邊，繼續說道：

「當然，周遭有很多人看過他們兩人一起行動，不過如果吳亨紀跟兒子一起離開原本的居住地，遠離這些人的視線，人們便不容易注意到他兒子不見。一般來說，只要有屆滿學齡卻未就學的兒童，警方都會介入調查。」

「我知道。」

「不過吳亨紀的兒子根本沒有入籍，所以他不會被列為調查對象。」

趙世俊意識到事情的嚴重性，重重嘆了口氣。

「我們得想辦法阻止不好的事發生。」

「可惜的是，現在沒有方法能阻止他。雖然我曾經聯絡他，要他明天帶兒子再來書店一趟，不過他似乎是查覺到異狀，便以有事為藉口推辭了。」

「有什麼事？」

「他說明天要去江南 COEX 購物中心的星空圖書館，參加安徒生相關的展覽和講座。」

聽完柳名優這番話，趙世俊想了一想，開口道：

「我去看看吧，講座是幾點？」

「下午四點開始。你有想到什麼能查清楚他身分的好方法了？」

「我得再想想。我倒是擔心這樣會刺激到他，讓他做出什麼無法挽回的事。」

趙世俊摸著下巴，若有所思地答道。

「如果能先讓他以虐待兒童的嫌疑被逮捕，也許就有機會潛入他家探個究竟。」

「我也是這麼想。」

「進入他家搜查，也許能找到線索。」

接著柳名優改口問起金成坤的狀況。

「木匠金成坤呢？」

「明天在星空圖書館調查完吳亨紀之後，我會再去光化門的複合式書店。金成坤要在那裡辦講座，我想這是個觀察他的好機會。後天我會再親自去拜訪他一趟。」

「他的工作室在天安站附近，他的房子似乎也是獨棟的透天厝。」

「地址我確認過了，請放心。」

「那就拜託你了。」

隔天，趙世俊算準時間來到 COEX 購物中心，從入口再走一小段路便來到一處擺放了巨大高聳書架的廣場。圖書館占地寬敞，還有手扶梯連接二樓的空間，館區的照明十分溫和，令人感到放鬆。趙世俊在星空圖書館內穿梭，四處尋找吳亨紀與龍俊的身影。寬敞的空間擺放著供遊客讀書的桌子，以及為展覽臨時設置的玻璃展示櫃。櫃內擺放著安徒生的童話書，所有作品均依年份整理，展示櫃下方貼有以細小字體寫成的書籍介紹供人閱讀。他對這展覽很有興趣，只是今天的主要目的不是參觀，因此他看得心不在焉，不時分神留意四周動靜。他注意到通往二樓的手扶梯旁，有個看似用來舉辦講座的小小講台，講台周遭擺了幾張椅子。椅子旁擺著展示架，上頭寫著即將舉辦由安徒生童話專家兼譯者主講的講座。

「他說他是來聽講座的對吧？」

就在趙世俊回想昨天與柳名優的對話時，恰巧看見吳亨紀一手牽著兒子，就站在前方不遠處與一名掛有識別證的中年男性談話。他下意識想往前走去，隨即又想起吳亨紀已經認得自己的長相，於是換了個方向，刻意避開他的視線，謹慎地拉近彼此的距離。就在他往這對父子靠近時，龍俊不知是否察覺到異狀，突然轉頭四處張望。就在他看向趙世俊的方向時，恰巧有人路過擋住視線，他才能及時轉身避免被龍俊發現。他回頭躲到柱子後方，確定沒被發現後才鬆了口氣。

「真是好險，差點就被發現了。」

離講座開始的時間越近，人群聚集得越多。趙世俊苦思該如何躲避龍俊的視線，最後終於想到一個好辦法。他從背包裡掏出手持穩定器裝上手機，以手機遮住自己的臉，若無其事地往會場內走去。人們持續入座，講台前座位也已半滿。一如趙世俊所預期，吳亨紀就帶著兒子坐在最前排。眼看講座即將開始，一名拿麥克風的中年男子來到講台前宣布：

「各位在場的來賓，稍後將舉辦安徒生童話展覽特別講座〈安徒生是誰？〉。本講座邀請到國內首屈一指的安徒生專家宋昌熙老師主講，請有興趣的來賓務必參與。」

男子重複宣讀公告，以吸引更多民眾參與講座。趙世俊緊盯著目標的動向，幸好吳亨紀全神貫注等待講座開始，完全沒注意到有人正注視著他。見吳亨紀如此專注，趙世俊放心地露出微笑，繼續佯裝在拍片，並一邊往講台側邊繞過去，這時一名女性工作人員上前。

「請問您需要協助嗎？」

「您好，我是一名影音創作者，頻道內容主要與書有關，請問我可以採訪主講者嗎？」

「當然可以，講座結束後我再為您安排。」

聽完趙世俊的來意，這名中年女性積極表示願意提供協助。

「還有，這次的企畫除了訪問講者之外，我也想訪問一些聽眾，請問我能隨機訪問幾位聽眾嗎？。」

「沒問題，只要您告訴我想訪問哪位聽眾，我可以代您詢問受訪意願。」

「那就麻煩您了。我剛才看了一下，發現最前排坐了一對父子，希望能有機會可以訪問他們。」

「啊，我知道那對父子。他們很早就來到會場，跟我們的工作人員宋先生碰面。這實在是很稀奇呢，畢竟最近很少有父親會帶孩子參加與書籍有關的講座。」

趙世俊點頭表示認同，並指著講台旁手扶梯邊的書架。

「那我在那後面等，講座結束後再麻煩您請他們兩位過來，訪問完他們我再接著訪問演講者。」

「好。」

「謝謝。」

安排好之後，趙世俊便慢慢往手扶梯旁的書架走去。書架位在角落較能避開人們的視線，同時也是一有異狀便能立刻大聲呼救的地點。他站在書架後方，透過喇叭聽見演講者的聲音。不知過了多久，他聽見講者向聽眾致謝，接著聽眾席傳來連串掌聲。他微微從書架後方探出頭，發現演講已結束，聽眾們正在為講者鼓掌。其中最前排的吳亨紀動作顯得十分激昂，見他如此投入，趙世俊忍不住嘀咕：

「真是裝模作樣。」

趙世俊心想，吳亨紀無論到哪都帶著兒子同行，肯定只是為了營造自己是個慈祥父親的假象，藉以隱瞞某些見不得人的事。就在吳亨紀對趙世俊的注視渾然不覺，只顧著熱烈鼓掌時，方才那名女性工作人員走到他身邊。見那名工作人員伸手指向自己所站的書架處，趙世俊趕緊躲到書架後方以免一眼就被吳亨紀父子認出，並趁著他們走過來的這段時間，拚命練習拿手上的穩定器當棍子防身，以防任何意外發生。沒過多久，聽到兩人腳步聲靠近，他轉過身並舉高手機遮住自己的臉。起初吳亨紀父子並沒認出他，但稍後看見他的臉孔後，兩人的表情瞬間僵住。趙世俊故作輕鬆地開口說道：

「感謝兩位願意受訪，我是影音創作者趙世俊。」

趙世俊搶先開口化解沉默，吳亨紀則面露難色地往前站了一步，將兒子藏在身後，牽著兒子的手握得更緊了。趙世俊舉起架在穩定器上的手機問：

「您跟令郎看起來感情很好耶，兩位是不是都對書很有興趣呢？」

「就是因為這樣才會來這裡啊。」

「我想也是。兩位還一起住在有大院子的房子裡，生活也過得很不錯呢。」

趙世俊冷不防提起房子的事，吳亨紀便立刻警戒起來。

「你是誰？」

吳亨紀不悅地問，趙世俊則舉起夾在穩定器上的手機示意。

「這裡很多人在看喔。」

「你到底是誰？」

「我是個對書有興趣的人，所以才會想採訪兩位。」

「我知道你偷偷來刺探我們家。」

「不是刺探，我是想買房子所以才到那一帶去走走，了解一下環境。你會不會太自以為是了？」

「你這鼠輩，我跟你無話可說。」

吳亨紀怒斥一聲隨即打算轉身帶兒子離開，趙世俊抓準時機，說出早已在心中演練多次的台詞。

「你不想知道我是怎麼發現你跟蹤我的嗎？」

一如他所預期，吳亨紀頓了一下，趙世俊的目光移向與父親緊牽著手的龍俊。見趙世俊看著自己的兒子，吳亨紀忍不住皺起眉頭。

「我不懂你在說什麼。」

「令郎已經告訴我，說你指示他跟蹤我。」

一旁的龍俊瞬間睜大了眼，趙世俊不懷好意地對吳亨紀笑了一下，隨即舉起手機湊到吳亨紀臉前。

「你現在心情怎麼樣？」

「你到底在玩什麼把戲？」

吳亨紀提高聲量，引得一旁搭乘電扶梯下樓的人們紛紛注意起三人。人群的注視令吳亨紀有些遲疑，這時趙世俊也將手機從穩定器上拿了下來。

「訪問就到這裡吧。」

人群的注視讓吳亨紀不敢輕舉妄動，所以無法對趙世俊做出任何回應。趙世俊對吳亨紀的反應一點也不訝異，他丟下兩人逕自離開，邊走還邊聽見身後傳來龍俊否認自己告密的求饒聲，以及吳亨紀斥責兒子的怒罵聲。趙世俊一派輕鬆地往地鐵站走去，並為自己成功挑撥父子之間的信任而暗自竊喜。回程不如去程那般緊張，他也更從容地瀏覽兩旁商店櫥窗。一路上他不時回頭查看，果然吳亨紀牽著兒子的手始終尾隨在後。他早料到吳亨紀會跟上來，便刻意放慢腳步。事實上，在察看柳名優提供的資料時，他特別注意到吳亨紀十分看重「規畫」，似乎有凡事都必須依自己預期發展的強迫現象。他知道要激怒這類人，只要讓事情脫離他們掌控就好。趙世俊決定再多刺激一下他，於是他拿出手機，撥了通電話給之前接洽過的不動產仲介金賢珠。

「金賢珠室長，您好，我不久前去拜訪過您，當時您跟我介紹了一棟洋房，我說有意連同隔壁的洋房一起買下。對，我知道您說屋主不願意賣，但一筆鉅款擺在面前，誰能拒絕到底呢？請您跟屋主說，我願意多出五千萬韓元，事成之後我也會記得您那一份的。不曉得現在方便去拜訪屋主嗎？希望可以約在一小時或兩小時後，麻煩您了。」

雖然金賢珠一開始仍然勸他避免跟吳亨紀接觸，但一聽到趙世俊願意多出五千萬，便立刻改口說願意試試。通話期間，趙世俊還刻意提高音量，並不時透過商店的玻璃櫥窗注意身後動靜。果不其然，吳亨紀緊跟在他身後，想必剛才那通電話的內容他也聽得一清二楚。

掛上電話後，吳亨紀快步來到趙世俊身後，一把拽住他的肩膀。

「你到底是誰？」

趙世俊被拽著轉過身去，一抬眼便看見吳亨紀怒氣沖沖的神情。他吊兒郎當地笑著說：

「就說我是影片創作者啦。」

接連被人挑釁，吳亨紀再也按捺不住，掄起拳頭將趙世俊揍倒在地，經過的路人們嚇了一大跳，還有不少人放聲尖叫。吳亨紀抓著趙世俊的領口，將他拉了起來，接連又賞了幾拳。

「混帳東西，竟敢捉弄我！」

最令趙世俊驚訝的是，吳亨紀動手毆打他時，一旁的龍俊竟不是慌張地勸架，而是靜靜看著這一切，反倒是圍觀人群見事態不對紛紛報警。趙世俊雖是單方面挨揍，卻也因為事情發展一如他所預期而忍不住笑了起來。

稍後警察來到現場，將兩人帶回警局。結束偵訊後，趙世俊步出警局，走到一旁空曠停車場的長椅上坐下。確認四下無人後，他用手機撥打視訊電話。柳名優很快接起，看到螢幕上出現滿臉是傷的趙世俊讓他嚇了一大跳。

「發生什麼事了？」

「我在購物中心被吳亨紀狠狠揍了一頓。」

「他是這麼衝動的人嗎？」

「不是的，是我刺激了他。」

「天啊，他說不定是獵人耶！你應該知道這有多危險吧？」

相較於柳名優的驚訝，趙世俊顯得十分鎮定。

「現場有很多人在看，沒什麼好擔心的。反正他因為在大庭廣眾之下攻擊我，現在被警察帶走了。」

「你這麼做是為了爭取時間嗎？」

見柳名優說破自己的用意，趙世俊這才露出了一個苦笑。

「沒錯。我打算對他提告，所以他後續應該還會再被警察傳喚，我想趁那段時間去他家看一下，看能不能找到什麼線索。」

「應該不會有什麼危險吧？」

「只要能找到線索證明他是獵人，那一切問題就迎刃而解，所以我想小小違法一下，方便解決問題。」

「為了讓你更方便，我會去查一下他家大門的密碼。」

趙世俊點頭表示同意。

「我會利用他被偵訊的時間潛入他家。」

「我知道了，你的傷記得去醫院處理一下。」

趙世俊對柳名優的關心報以微笑，隨後結束視訊通話。在長椅上又坐了一會兒之後，他按下手機的錄影鍵。

——我的臉很可怕吧？其實我今天跟可能是獵人的傢伙打了一架。說好聽是打了一架啦，其實只是我單方面挨揍而已。打我的人已被警方逮捕，我也已經提告了，應該很快會進入司法程序。各位很快就會明白我為何跟這個人起衝突，我想我已經很接近真相了，現在就差一步，請期待最後的結果。

趙世俊最後硬是對鏡頭露出笑容，在按下停止鍵之後，他隨即因為疼痛而皺起眉頭。就在將手機塞回口袋的那一刻，他發現有人從遠方注視著他。他警覺地抬起頭來，發現注視自己的是龍俊才鬆了口氣。即使與趙世俊視線交會，龍俊仍呆站在原地，絲毫沒打算逃跑。趙世俊招了招手，示意要他過來。龍俊起初有些遲疑，但並沒有猶豫多久，他便來到趙世俊面前。趙世俊拍拍身旁的空位，龍俊乖巧地坐了下來。

「你怎麼也跟來警察局了？你犯了什麼錯嗎？」

趙世俊半開玩笑地問，龍俊卻沒有回答，只是呆呆地看著趙世俊。突然，趙世俊明白龍俊出現在這的原因。

「是爸爸要你來監視我對吧？」

孩子沒有出聲，只是眨了眨眼然後點點頭。

「你叫什麼名字？」趙世俊問。

「吳龍俊。」

「今年幾歲？」

「不知道。」

「什麼？」

這意外的答案令趙世俊瞪大了眼，一旁垂頭喪氣的孩子則是嘆了口氣。

「我爸爸說年紀不重要。」

「年紀不重要？那什麼才重要？」

「信任。」

又是個意外的答案，趙世俊深吸了口氣穩定自己的情緒。

「你叫龍俊，對吧？」他看著孩子說。

孩子點了點頭，趙世俊起身來到龍俊面前，蹲下來看著他說：

「人要知道自己的年紀，這樣才能在相應的時間去上學。」

「聽說學校都教些奇怪的東西，所以我不能去。」

「誰說的？爸爸嗎？」

「對。」

「那你覺得呢？」

「我？」

趙世俊點點頭。

「對，你怎麼想？你覺得你不需要知道自己的年紀，也不需要去學校嗎？」

龍俊眨眨眼，直盯著趙世俊看。

「我不知道。」

「我覺得你不是不知道，沒關係。」

他挺直了身子看看四周。

「既然爸爸要你來監視我，那你就得躲好才行，怎麼能站在那麼顯眼的地方呢？」

「我很好奇叔叔你出現的原因。」

「我想知道你爸爸在隱瞞什麼。」

「爸爸一直告訴我說，這個世界很危險，我只能相信他，他也只相信我，我們必須互相幫助，保護彼此。」

「我覺得啊。」

趙世俊看了看孩子，伸手幫他把衣領拉好。龍俊被這舉動嚇了一跳，忍不住皺起眉頭。

「好痛。」

「我拉你的衣服你會痛？是不是因為你被打了？」

他前後查看了一下，果真如他所想，龍俊的後頸下方有一片瘀青。龍俊換上一臉彷彿就要哭出來的表情，側過身子甩開趙世俊的手。

「我想是因為爸爸打你打得太過分，所以我拉你的領子才會痛。你爸爸到底怎麼回事？」

「爸爸是侍奉神的人。」

聽了龍俊說的話，趙世俊喃喃自語地說：

「神跟獵人一點也搭不起來。」

「你說什麼？」

「沒事。你爸爸侍奉什麼神？」趙世俊搖搖頭，改口問道。

「天神。」

龍俊簡短回答並抬頭望向天空，趙世俊也跟著抬頭。只見湛藍的天空中，飄著幾朵如棉花糖般鬆軟的雲。

「侍奉天神？不是上帝跟佛祖嗎？」他低頭看著龍俊。

「他說那都是假的。」

龍俊說出這句話時的神情，令趙世俊感到不太對勁。他思索了一下吳亨紀怎麼會說出這種話，隨後不自覺驚嘆了一聲。沒想到吳亨紀信奉的竟是邪教，這跟獵人可一點也沾不上邊呢。就在他陷入沉思時，龍俊突然開口：

「請你救救我。」

意外的求助讓趙世俊雙眼亮了起來。

「救你什麼？」

「救我離開爸爸身邊。」

「你不是很聽他的話嗎？為什麼要我救你？」

孩子委屈地答道：

「我很快會被送去本堂，上星期大伯父來我們家，我偷聽到他們說要送我過去。」

「本堂在哪裡？」

「在忠清道的深山裡，從那邊開車要花超過一個小時才會到有人住的地方。」

「原來還有個本堂啊。」

「我不想去那裡。」

雖然對話逐漸朝意外的方向發展，但他認為這是個好機會，深吸了口氣便接著問：

「你的意思是說，希望我能讓警察叔叔處罰你爸爸，這樣你才能得到自由嗎？」

孩子沒有回答，趙世俊摸了摸他的頭。

「你可以告訴我家裡有什麼嗎？這樣我就能幫你。」

「家裡嗎？」

「嗯，我認為你爸爸在家裡藏了一些東西，所以才不肯賣掉房子。」

「家裡……」

龍俊緊皺著眉頭，猶豫了好一會兒才說：

「什麼都沒有。」

「人住的地方卻什麼都沒有，這不太對吧？」

「真的。」

趙世俊盯著龍俊的臉看了一會兒，才起身準備離開。

「很高興能有機會跟你聊天，孩子。」

他才往前走了幾步，便聽見龍俊大喊：

「家裡有個爸爸說絕對不能進去的地方。」

「什麼地方？」趙世俊轉頭問。

「半地下室。」

「是玄關旁邊那個門嗎？」

「對，就是那裡。」

「為什麼不能進去那裡？」

「爸爸說我不能問問題。」

「意思是要你不可以對門後的東西感到好奇嗎？」

聽見趙世俊的問題，龍俊隨即抬頭看著天空。

「他說那扇門後的東西都是上天的意思。」

「你沒辦法偷偷進去嗎？」

「爸爸每次都會上鎖。」

「怎樣的鎖？是電子鎖嗎？」

龍俊用手做出把鎖轉開的動作。

「不，只是普通的鎖，要用鑰匙開的那種。」

「你覺得裡面有什麼？」

龍俊想了想才開口說：

「有神和死亡。」

「你一個小朋友說話這麼成熟，我不相信。」

見趙世俊皺起眉頭，龍俊趕緊道歉。

「對不起，因為我每天都在讀經典，也被教導說要這樣說話才對，爸爸都說如果我不這樣說話，那就乾脆閉嘴。」

聽了龍俊的回答，趙世俊嘗試想像上鎖的地下室裡究竟藏著些什麼。吳亨紀是否依照邪教的教義，將被害人綁到地下室裡殺害？還是裡頭只是掛了他深信不疑的神像？光憑想像實在不得而知。他看著站在長椅旁不肯離開的龍俊。

「你想逃出那個家嗎？」

龍俊眨眨眼，然後點了點頭。

「你幫我個忙，那我就幫你逃出去。」

「我要幫什麼忙？」

「在你爸爸去接受警察偵訊時跟我聯絡。」

「到時我也得一起去。」

「我知道，只要告訴我你家何時沒人就好。」

「我有聽見爸爸跟警察叔叔說的話，好像是下星期。」

「哪一天？」

「星期三或星期四，爸爸說還要再討論日期。」

「跟誰討論？你大伯父嗎？」

「對。」

「他沒有住在你家吧？」

「大伯父都是來一下就立刻離開，他說待在俗世太久，心神會被影響。」

「還真是裝模作樣。對了，你有手機嗎？」

「我有一支緊急聯絡用的手機。」

「我把我的號碼告訴你，你們那天出門之後，就偷偷傳簡訊給我。」

「如果你進到我家，發現奇怪的痕跡，我爸爸會被抓走嗎？」

「我不太確定，但如果找到我要的東西，那他可能會被抓走。不過就算沒找到，我也能想辦法把你帶出來。」

「真的嗎？」

趙世俊能從龍俊的聲音中，聽出他對離開那個家的渴望。他點點頭，便轉身離去，因為他還得去趕下一個行程。雖然剛才一番折騰讓他非常疲憊，又受了不少傷，但他還是得去聽金成坤的講座。他搭乘公車來到光化門，往世宗文化會館後方走去。行經立有雕像的草坪，走進大樓林立的街道，隨即看見複合式書店的招牌。

「店居然開在地下一樓啊。」

大樓的旋轉門旁，有一道向下的狹窄階梯，順著這道螺旋形的階梯來到地下，便能看見一個小小的中庭。中庭旁有一道玻璃門，進去便是舉辦講座的書店。趙世俊站在階梯盡頭，拿起手機按下錄音鍵。

——我現在來到光化門，準備去聽一名嫌疑人的講座。他究竟會講些什麼呢？講座中能否找到與命案有關的線索？就讓我來查明吧。

推開玻璃門入內，便見到通道中央擺放著書店的小小招牌。店內空間比想像中寬敞許多，牆邊擺滿幾乎要頂到天花板的書架，中央的書架則比人的身高要矮一些。趙世俊一眼就看見前方設置了一個小講台，一名戴著狩獵帽，留著鬍子的男子正坐在講台上，上方掛的布條寫著「木匠金成坤的書籍故事」。下方的觀眾席放了許多不同顏色的塑膠椅，人們三三兩兩地坐著聽金成坤說話。趙世俊選了最後一排的位置坐下。講座似乎已經開始一段時間，金成坤正激動地比著手勢高談闊論。

「書是偉大知識的傳遞媒介，不能因為有錢就將知識占為己有。書是為了讓更多人閱讀而創造的，卻有貪心的收藏家耗費鉅款，把書買下來不讓人看，還殷殷期盼著書的價格能夠上漲，讓他們賺進大筆財富，我們不該容許這種事發生。」

雖然距離講台有段距離，但趙世俊仍能從激昂的語氣與手勢中，感受到金成坤的憤怒與狂傲。這時，金成坤似乎是講到有些口乾舌燥，便停下來喝了口水，然後才接著說下去。

「不久前，我看見新聞報導某教授開了一間書店，於是去參觀了一下。各位知道我說的是哪裡吧？」

聽見演講者提出問題，台下有幾個人隨即低聲回答「記憶書店」。一聽見答案，金成坤便立即拿起麥克風。

「雖然說是書店，但我去到那裡卻發現，那個人把書都放在玻璃箱子裡，還有些書收在別人看不見的地方，這哪裡是書店呢？那只是間名義上的書店！如果你想買書，還得先預約才能去！那個人把利用財富與名聲蒐集來的古書藏得非常嚴密，這真的是一個知識分子該有的作為嗎？」

金成坤激動地說著，語氣中透露著不屑，台下的聽眾似乎認為他的論點很有趣，有不少人笑了出來。待笑聲停下，他才接著說：

「我要求他拿出珍藏的書給我看，他可能是認為我沒錢買不起，居然嘲笑了我一番。老實說，從他以古書愛好者兼知識分子的身分上遍電視節目後，我就不是很喜歡他。現在這個世界只要有錢，每個人都能假裝自己是飽讀詩書的知識分子。我認為世界之所以會變成這樣，就是因為一般大眾實在太少有機會接觸自古流傳下來、承載了珍貴知識的書籍。這些知識分子受到社會關注，理應要善盡職責引導大眾、把知識分享給更多人。但他們卻利慾薰心，反而將把珍貴的知識藏起來不讓人們接觸。」

接下來的時間，金成坤依舊毫不掩飾地表現出他對柳名優的厭惡。台下的書店工作人員不安地看著他，聽眾卻相當樂在其中。趙世俊聽了一會兒，發現金成坤只是不斷重複類似的內容，沒過多久便悄悄離開現場。雖沒聽完整場講座，但已能充分理解金成坤的想法，他毫無保留地展現自己對書的熱愛與對柳名優的厭惡，提高了他是獵人的可能性。但就在離開書店之際，趙世俊突然感到有些疑惑。

「獵人會主動舉辦這麼公開又顯眼的活動嗎？」

金成坤這樣拋頭露面的行徑，與一直以來小心翼翼低調行事的獵人相去甚遠。不過趙世俊同時也想到，如果是為了奪回心愛的書，那麼獵人或許會願意冒險站到世人面前。

「明天跟他碰面聊聊，應該就會有線索了。」

爬上階梯來到室外，不久前的萬里晴空瞬間轉成烏雲密布，眼看立刻就要下雨。人們似乎也意識到即將下雨，紛紛加快腳步，再不然就是繞到便利商店買把傘應急。趙世俊卻緩慢地往地鐵站走去。

「見了金成坤之後，答案就呼之欲出了。」他心想。

隔天，趙世俊搭上往天安方向的電車。經過昨天那場大雨，天空變得格外晴朗。昨天在光化門複合式書店短暫聽了下講座，讓趙世俊已經能掌握金成坤對書的態度，不過或許從金成坤的日常生活也能找出一些線索，於是他決心前往查探一番。一路打著瞌睡，搭了超過一小時的電車，他終於來到天安站。走下通往車站廣場的階梯，他沿著一條有許多攤核桃雞蛋糕攤販的路走去。就在經過公車站時，他將手機裝上穩定器並按下錄影。

——今天我來天安調查另一位嫌疑犯，他的店離車站有一段距離。究竟他是如何度過他的一天呢？好奇的話就跟我來吧。

話說完，趙世俊俏皮地對鏡頭眨了個眼，才繼續沿著路走下去。又路過好幾個公車站後，距離天安站已遠，四周的景色也越發荒涼。賣核桃雞蛋糕等餐飲的店面與攤販越來越少，寫著販售螺絲、機械等五金的招牌則逐漸增多。

「這麼荒涼，真讓人有點害怕。」他心想。

不久後，趙世俊已來到木匠金成坤的店門外。這棟兩層樓的建築外表看來像是臨時搭建的違章建築。就他所知，目前兩層樓都屬於金成坤的木工坊。工坊門旁立著一塊白色看板，上頭畫了一把大大的刨刀，牆面則裝上大大的落地窗，讓人能清楚看見店內的情景。一旁有個小停車場，能停放幾輛車。店門外高掛著布條，寫有開設短期速成木工課程、時間和費用等資訊。趙世俊停下腳步，看著布條上最下方的一行字。

「兩小時體驗課程，贈送一塊砧板，五萬元。」

趙世俊揉了揉鼻子，認為體驗課程會是個接觸金成坤的好機會。入內之前，他拿起手機對木工坊拍了張照片，然後按下錄影鍵。

——這次的嫌疑犯經營一間木工坊。木工坊裡有不少能當成凶器的工具，這點相當值得關注。他會開設木工坊究竟只是偶然，還是別有用意呢？真令人好奇，讓我們進去一探究竟吧。

他收起拍攝工具往木工坊走去。透過落地窗，他看見金成坤將鉛筆夾在耳上，身穿皮製工作圍裙，頭戴黑色狩獵帽埋頭工作的模樣。一推開玻璃門，站在巨大工作桌邊的金成坤便抬起頭來。

「歡迎光臨。」

「這裡是木工坊吧？」趙世俊有些緊張地問。

「對。其實這一帶原本都是螺絲工廠，是我把這棟樓買下來之後自己改造成木工坊的。您有什麼事嗎？」

「我想要學木工。」

「那您來對地方了，您想參加什麼課程？」

「因為我今天時間不多，所以想要先透過體驗課程學個基礎。」

「原來如此！恰巧我今天有空，如果您不介意，不如立刻來上課如何？」

「是一對一的課程嗎？」

金成坤扶了扶狩獵帽，答道：

「當然。那邊有工作圍裙，您可以自己挑一件來穿。」

趙世俊從一旁衣架上滿滿的工作圍裙中挑了一件，再回到金成坤面前。在他挑選圍裙期間，金成坤已經將工具擺放在工作桌上，接著拿起一枝放在自己圍裙口袋裡的鉛筆遞給趙世俊。

「我們體驗課程一律是做砧板，首先我們要畫出砧板的形狀。先來選要用哪一種木頭吧。」

「還可以選木頭嗎？」

「對，做砧板通常都會用楞木、橡木或樟木。」

「哪一種比較好呢？」

金成坤想了想，答道：

「就用楞木吧。」

他往工作桌旁的木材堆走去，選了兩塊大小適中的楞木板回來。趙世俊趁機打量起四周環境，發現牆上掛著各種木工工具，以及應是由金成坤製作的湯勺、砧板、湯匙、托盤等物品，另外還有折疊桌椅與書架等。木工坊正中央的折疊椅上放著一個西洋棋盤，上頭的棋子似乎比趙世俊印象中的更大一些，乍看之下並不太自然。他仔細一看，才發現那不是市售的西洋棋，似乎是由金成坤親手雕製的棋子。就在他專注觀察西洋棋時，金成坤將挑選好的兩塊木板放在工作桌上。

「無論使用哪種木材，都要先把木材晾乾，否則很容易因為受潮扭曲或裂開。這些木材已經充分晾乾了，現在我們可以進行打樣。您想做什麼形狀的砧板呢？」

「我希望可以做小一點，可以讓我把食物放在上面直接吃。希望是一個兼具盤子功能的砧板。」

「這樣我們就選有握柄的四方形吧。握柄上可以穿個洞，這樣也方便把砧板掛起來。」

金成坤拿下夾在耳上的鉛筆，迅速在木板上畫出形狀。趙世俊則把握時間，繼續查看工坊內的環境，他發現工具牆的上方還有一排擺滿了書的書架。

金成坤畫好了砧板的形狀，並拿起放在工作桌角落的工具。

「這工具叫線鋸，握柄下方有垂直的鋸齒刀，我們會用這個切割木板。一般來說都會讓學員親自操作，但您說您趕時間，所以今天就由我來操作吧。請您在旁邊看。」

「好。」

趙世俊簡短回答後，便把頭歪向一邊，以便看清楚金成坤如何操作機器。那是一台與地面呈垂直狀的工具，下方裝了一根針狀的鋸齒刀。金成坤將木板放在工作桌邊，將畫好的線與桌子對齊，接著按下機器的開關。這時鋸刀發出刺耳的巨大聲響，很快便沿線將木板切割開來。金成坤熟練地操作機器，沿著剛畫好的線將兩塊木板切割成理想的形狀。切割完成後，金成坤將線鋸關掉，喘口氣後將切好的木板遞給趙世俊。

「那邊有台鑽孔機，握柄上的孔就讓您自己鑽吧。」

「我要怎麼做？」

「我會在旁邊協助，您不用緊張。」

金成坤笑著輕拍趙世俊的肩膀，隨後領著他來到紅色握柄的巨大鑽孔機旁。他打開下方的開關，並拉著握柄將鑽頭向下拉，讓鑽頭對準要在砧板握柄上鑽孔的位置，接著又按下握柄旁邊的開關，然後退了開來。

「抓住握柄慢慢把鑽頭往下壓，就可以在木板上鑽出孔了。」

趙世俊依照指示將鑽頭向下壓，旋轉的鑽頭發出吵雜的聲響。鑽頭與木板接觸，細碎的木屑向四方噴濺，很快地在木板上穿了個孔。

「接著慢慢移動木板，試著把洞擴大。」

在嘈雜的鑽頭聲當中，趙世俊依稀能聽見金成坤下達指令的聲音。他點點頭並照著指示動作，只見握柄上的孔越鑽越大。孔洞開到適當大小後，金成坤便主動上前關掉鑽孔機，抬起鑽頭並將砧板取出。

「剛才還只是一塊普通的木板，現在已經有砧板的樣子了，好神奇喔。」

「這就是木工的魅力。不同的裁切與雕飾，能夠讓木頭變成不同的樣子。現在我們要把木材拋光，那邊有一座電動拋光機，請跟我來。」

工作桌後方的電動拋光機，外型與用於切割木材的線鋸十分相似。只是機器下方並非針狀的鋸齒刀，而是一個宛如掃地機器人的寬大圓盤。金成坤按下開關，對準木板後將圓盤拉了下來，隨即聽見打磨木板的聲音。

「您試試看吧。」

趙世俊照著指示用拋光機打磨砧板，沒多久便能看見粗糙的木板被打磨得光滑無比。金成坤要他停下動作，並將拋光機挪開。經過打磨之後，普通的木板變身成為一塊有清晰木紋的美麗砧板，趙世俊忍不住驚嘆，這樣有趣的體驗甚至讓他短暫遺忘自己來此的真正目的。這時，金成坤拿出一個小玻璃瓶與一枝毛筆。

「接下來是最後一個步驟。」

「要做什麼？」

「這是砧板用的防水油。因為砧板經常需要接觸水和食物，如果不做防潮處理，很容易滋生細菌。依照一般的做法，防潮處理會需要花上幾個星期，我們需要分次塗上多層防水油，最後再用布擦拭進行最後的拋光，不過今天沒有太多時間，所以就先用這個吧。」

金成坤拿出一塊碎布，將玻璃瓶裡的油均勻塗抹在砧板上，最後將光滑的砧板交給趙世俊。趙世俊突然想起自己的目的，有種似乎白跑一趟的感覺。因為在製作過程中，兩人根本沒有任何交談，他也沒有機會透過對話刺探些什麼。他決定拿起砧板假裝仔細端詳，順道開啟話題。

「您是不是很喜歡書啊？」

金成坤先是有些疑惑地看著趙世俊，接著看見工具上方擺滿書的書架，才恍然大悟地笑了出來。

「那只是我一個小小的興趣。」

「我也很喜歡書，但木工坊裡擺了這麼多書實在很新奇。」

「工作到有些頭痛或是沒客人時，我就會拿本書來讀。最近喜歡書的人的確不多了。」

金成坤談起書的聲音十分溫柔，趙世俊決定繼續問下去。

「你本來就很愛書嗎？」

「我從小就很愛讀書。我家是雙薪家庭，所以我經常一個人在家，無聊的時候就是讀書打發時間。您也很愛讀書嗎？」

「對啊，而且我還有經營一個跟書有關的 YouTube 頻道。」

「原來如此。對了，您是怎麼來到這裡的呢？」

話鋒一轉，金成坤收起談論書籍時那興致盎然的眼神，瞇起眼盯著趙世俊，這讓趙世俊感到有些害怕。他隨即想起剛才一路上看見的監視器，再加上他的交通卡也存有搭乘電車的明細，即使他真的怎麼樣了，警方應該也能循線找到這裡，於是他鼓起勇氣答道：

「我只是剛好路過而已。」

「這一帶似乎不是那種會剛好路過的地方呢。」

金成坤斜靠在一旁，用冷峻的眼神盯著趙世俊。趙世俊忍不住用眼角餘光確認了一下門的位置。

「其實是我正在寫一本跟木工有關的書，所以才會四處探訪。」

見金成坤仍有些懷疑，趙世俊趕緊指著不久前端詳過的西洋棋盤，嘗試轉移話題。

「這也是您親手做的嗎？」

趙世俊往棋盤靠去，彎腰作勢觀察棋盤。靠近棋盤一看，他才發現這棋盤跟棋子莫名怪異，棋子的造型似乎也與印象中的西洋棋差異甚遠。

「這棋子上頭刻的是人的樣子耶。」

他雖不懂西洋棋，但多少還是知道皇后、國王跟主教等棋子該是什麼樣子。只是這棋盤上放的西洋棋子，竟然不是一般西洋棋的造型，而是全都有著人的模樣，而且每張人臉都露出痛苦的表情。

「這好像孟克的《吶喊》。」

他想起曾在電視上看過的世界名畫，突然感到一陣惡寒。

「請您不要碰。」

趙世俊轉過頭看向金成坤，故意大動作揮手將棋盤上的棋子掃落。棋子碰撞落地，在地板上四散滾動。

「哎呀，真抱歉。」

趙世俊趕緊撿起棋子，這時他又發現另一個怪異之處。這每一顆棋子的底部，都刻有小小的日期。他看著日期低聲道：

「這是什麼啊？」

這時他聽見金成坤的腳步聲從後方傳來，轉過頭一看，才發現金成坤雙手背在身後，帶著冷峻肅殺的眼神朝他走來，那模樣宛如準備捕捉獵物的猛獸。

「對不起，我幫您撿起來。」

「你是誰？」

「我只是個普通人啊。」

「我覺得你很可疑。」

「我只是路過……」

「我裝了能監看外頭動靜的監視器，我早就看到你在外面探頭探腦，還拿手機一直亂拍。」

「真的什麼都沒有，是你誤會了。」

「心虛的人都會說這種話。」

金成坤語帶譏諷地說。他露出背在身後的雙手，只見他手上拿著一把巨大的鐵鎚，趙世俊慌張地向後退了幾步，接著迅速轉身朝工坊大門飛奔而去，但那扇玻璃門卻怎麼也打不開。驚慌失措的他不斷嘗試開門，金成坤則緩緩地朝他走去。

「偶爾會遇到一些不付錢就想跑的客人，所以我都會提前把門鎖上。這門鎖除了我，沒人能打得開。」

他臉上帶著戲謔的笑容，從工作圍裙的口袋裡掏出遙控器晃了兩下。背對著玻璃門的趙世俊趕緊掏出手機。

「不、不要過來！我會報、報警喔！」

「你知道買下這裡之後，我做的第一件事是什麼嗎？就是安裝阻礙手機通訊的裝置。」

「你說什麼？」

「我直接從美國買了好幾個妨礙通訊的裝置回來組裝，所以在這裡面手機是打不通的。」

為了拉開與金成坤的距離，趙世俊只能衝上一旁的階梯往二樓逃去。踩著金屬製的台階衝上樓，耳邊還能聽見金成坤在他身後冷笑。一上到二樓，他便明白金成坤為何冷笑。二樓的窗戶被嚴密封死，絲毫不見一點光線，這令他感到無比絕望。

「可惡，這麼暗，根本什麼都看不見！」

趙世俊慌忙地想找個地方藏身，卻一個不小心被雜物絆倒在地。他倒在黑暗中扶著自己的小腿發出微弱的呻吟，耳邊還能聽見金成坤踩著階梯上樓的腳步聲。沒過多久，趙世俊便隱約能看見金成坤的身影出現在二樓，他發狂似的拿起手邊任何能抓到的物品朝金成坤扔去。

「不要過來！不要靠近！」

只見金成坤從容地躲開那些向他飛去的物品，緩慢地朝趙世俊走去。

「可惡！」

趙世俊在黑暗中掙扎著拉開與金成坤的距離。他的眼睛漸漸習慣黑暗，開始能看見周遭的隔板、椅子與箱子等雜物。他躲到一個大箱子後方，試圖讓自己冷靜下來，並環顧四周想尋找可能的逃脫路線。他伸手往自己的背包裡摸索，希望找到能用來當武器的物品，最後在背包底部摸到一把在東大門購買的仿製瑞士刀。他將折疊的刀刃打開，才發現那把刀的長度甚至不及他的小指，但手上至少握有能防身的武器，讓他稍稍平靜下來，開始思考接下來該怎麼做。

「得把他引到裡面來，再趁機逃到一樓。」

雖然一樓的玻璃門仍然上鎖，但工坊內有許多工具，應能想辦法破壞。就在他思考對策的同時，金成坤的腳步聲越來越靠近。他屏住呼吸縮起身子，讓箱子能完全遮住自己。幸好在黑暗與箱子的掩護之下，金成坤並沒有注意到他，而是直接略過他繼續往前走去。他鬆了口氣，從箱子後面爬了出來，躡手躡腳朝樓梯方向走去。

「只要下樓就好，這樣的話……」

只見台階上鋪了密密麻麻的鐵絲網，趙世俊絕望地站在樓梯口，這時金成坤的聲音從後方傳來。

「我最享受讓獵物逃不了的時刻。」

趙世俊被逼入絕境，無力地靠著牆角對金成坤大喊：

「有很多人看到我來這裡！你別想對我做任何事！」

「人們沒你想像中的那麼在乎你。」

他從圍裙口袋裡拿出手套戴上，左右轉了轉脖子，再握緊手中的鐵鎚。焦急的趙世俊斜眼看向鋪滿鐵絲網的台階，他心想要是就這麼滾下去，衣服破掉倒是還好，只是身上肯定會被割出不少傷口。

「你到底是誰？」金成坤幾乎已經來到趙世俊面前。

「我是警、警察。」

「幹，是警察就會拿搜索令來，哪會假借做砧板當藉口？」

「我、我知道了，我就告訴你吧，是柳名優叫我來的。」

「誰？啊，那個殘廢啊？他叫你來幹麼？」

「他說你很可疑。」

「他以為他是什麼偵探嗎？」

金成坤冷笑了一聲，看著縮在牆角的趙世俊問道：

「那你為何牽扯進來？」

趙世俊吞了口口水，看了看四周，再往後方踏了一小步。碰觸到身後的牆壁他才發現，那並不是一道真的牆，而是扇用木板遮擋的窗戶。他靈機一動，心想若計畫順利，那麼他或許有機會撿回一命。他決定繼續跟金成坤對話，以讓對方放鬆戒心。

「因為我覺得這個題材很適合拍成 YouTube 影片。」

「你少在那胡扯。前幾天才有人趁夜想闖進我這裡，我還在想是誰那麼大膽呢，想必就是柳名優搞的鬼吧？」

金成坤停下腳步，手裡仍然緊握著鐵鎚。趙世俊很清楚，金成坤只要朝著他的頭揮一下鐵鎚，他立刻就會一命嗚呼。

「可惡，我好不容易才找到地方落腳，被你們這樣一搞，我又得找新的基地了。給我添了這麼大的麻煩，作為回報，我會讓你死得特別痛苦。」

「我、我錯了……」

趙世俊雖然嘴上求饒，但仍努力讓自己保持冷靜。他藏在後方的手緊握著那把小小的瑞士刀，奇怪的是手裡的刀握得越緊，他越感覺心情平靜。也許是事已至此，即使希望再渺茫也只能一搏了。於是他繼續裝出恐懼的神情求饒，但金成坤毫不理會。就在他幾乎來到趙世俊面前時，趙世俊拿出藏在身後的瑞士刀，朝金成坤的大腿猛刺下去。趙世俊聽見刀子刺穿衣服刺入肉裡的聲音，而金成坤被這突如其來的攻擊嚇得停頓了一下。

「混帳東西！」

金成坤怒罵一聲並揮動鐵鎚，趙世俊低下頭驚險地躲開，接著一把抱住金成坤，使勁拉著他轉身，再用盡全身的力量將他推往木板擋住的窗戶。雖然金成坤的體格略占上風，但趙世俊突如其來的攻擊令他一時不知該如何應對。

「你想做什麼？」

金成坤怒斥一聲，舉起鐵鎚往趙世俊的背敲了下去。鐵鎚狠狠砸在自己身上的痛令趙世俊很想放手，但他明白自己不能這麼做。他咬牙忍著，並擠出最後一絲力氣將金成坤推了出去。

「喝啊！」

遮擋窗戶的木板在兩個男人的撞擊之下碎裂開來，兩人飛出窗戶，掉在隔壁洋房的屋頂上。趙世俊回過神來一看，發現金成坤呈大字型躺在一旁，不斷咳著血，而他原本握在手上的瑞士刀不知何時刺穿了金成坤的脖子。他趴在地上不斷喘氣，並拿出手機來按下緊急通話按鈕。

「一一九救護隊嗎？請救救我。」

一星期後，接受完警方偵訊的趙世俊來到記憶書店。由於柳名優要求在客人較少的晚間時分碰面，於是趙世俊選擇在書店休息後赴約。電鈴聲響起，本在店內讀書的柳名優立即按下輪椅上的遙控按鍵解鎖開門。一見到臉上貼滿著ＯＫ繃的趙世俊，他張開雙臂表示歡迎。

「辛苦你了。」

「我到現在都還驚魂未定，實在不敢相信究竟發生了什麼事。」

「你抓到獵人了啊！」

「是啊。後來警察出動調查，進到他家一看，發現裡面真是不得了。」

似乎是說話時牽動了傷口，趙世俊忍不住皺起眉頭，摸著ＯＫ繃抬頭看了看整間書店。

「有人來找你問話嗎？」

「雖然有警察來找我，但沒什麼大問題。」

「之前夜裡來破壞門的犯人也是金成坤嗎？」

柳名優搖搖頭。

「警察說還在調查，但我聽說他們在金成坤位於木工坊旁邊的住處，找到不少與多起失蹤案有關的證據。」

「對，他似乎是用刀子和斧頭肢解被害人的屍體湮滅證據，但屋裡還是能找到不少細微的證據。而且在他家中也找到不少古書，警方覺得很不可思議呢。」

「他們肯定是第一次見到愛書的殺人魔。」

「那個瘋子把被害人的姓名跟死亡的日期都刻在西洋棋底下，難怪我一碰那個東西，他就怒氣沖沖地決定殺我滅口。」

回想起當時的情形，趙世俊忍不住打了個冷顫。

「總之，你沒事真是太好了。能從那種殺人魔手上逃過一劫，真的很幸運。」

「我運氣真的很好。但也可能是因為之前的被害人都沒有反抗，他沒料到我竟然有勇氣反抗他吧。」

「我聽警察說了，真的很感激你失手把他殺了。」

「這是什麼意思？」

「因為韓國只是名義上還有死刑的國家，實際上早已停止執行死刑，即使他真的被逮捕，靠法律也沒法讓他償命。」

「我不是故意的，看到刀插進他的脖子，我也嚇了一跳。」

柳名優沒有回答，只是露出一個大大的笑容，隨後將輪椅掉頭往櫃檯前進。

「我已經將約定好的調查費用匯入你的帳戶，還額外加了一點錢以表示我的誠意。」

「我在來的路上已經收到入帳通知了。」

柳名優小心翼翼地說：

「希望你能克服這個事件造成的陰影。如果需要任何協助，我可以介紹我認識的精神科醫師給你。」

「我知道了，需要的話我會向你求救的。」

柳名優笑了笑。

「話說回來，我覺得我們兩個很合得來呢。」

「我也有這種感覺。」

趙世俊點點頭，柳名優接著說：

「相信我們以後也能以這種形式合作。」

「只要我身心都準備好了，當然隨時歡迎你找我。」

「如果你要寫書，或是需要拍影片，我都願意提供協助。我想電影公司應該也會對這個故事很感興趣。」

「其實我也已經收到不少提案了。但我統一回覆說會先休息一陣子，之後再碰面詳談。」

「之後找你談的人肯定會越來越多。」

柳名優話說完，兩人便陷入一陣沉默。良久，趙世俊才小心翼翼地開口。

「能問問你現在的心情嗎？」

柳名優嘆了長長的一口氣，若有所思地望著書店的天花板。

「十五年來我一直在等這一刻，但他竟然這麼輕易就死了，我感覺很不真實。」

「換做是我，肯定也有相同的感覺。」

「無法親手處理他是我最大的遺憾。」

趙世俊無奈地聳了聳肩。

「無論如何，既然已經解決獵人了，你接下來打算怎麼處理這間書店？」

柳名優手指輕敲著輪椅的扶手，短暫陷入沉思。

「我會繼續經營，畢竟才開業沒多久。」

「太好了，我很擔心你打算就此結束營業。」

「不過以後不會採預約制，會開放讓民眾自由入內參觀。」

「是因為已經抓到獵人，不需要再觀察客人了嗎？」

柳名優點點頭，抬頭看著擺滿了書的書架。

「從某個角度來看，獵人和我或許是被這些書給栓在一起。現在連結斷了，我不知道是該鬆一口氣還是該感到失落……」

見柳名優話說到一半便打住，趙世俊開口接話。

「我能理解你的心情，畢竟我也沒想到會跟獵人正面起衝突，而且我竟然還親手殺了他。」

「那真的是個意外，真希望不會給你留下任何影響。」

「但願如此。」

「你有因此做惡夢嗎？」

「雖然我也以為會做惡夢，但目前獵人還沒有影響到我的夢。」

趙世俊雙手抱胸看著柳名優。

「不過話說回來……」

「怎麼了？」

「金成坤快死的時候，跟我說了些書的事情。」

「跟《失落的珍珠》有關嗎？」

「對，我也想看看那本書。」

柳名優笑了。

「當然要讓你看看，書就在那邊。」

他按下櫃檯內的按鈕，一道隱藏在書櫃中央的金庫門出現。嗶一聲，金庫門開啟。沒想到看似平凡的書櫃當中，竟隱藏著一個小金庫，趙世俊看得目瞪口呆。

「原來是藏在這裡。」

「我一直把書放在這裡。」

趙世俊朝那座小金庫走去。金庫的空間並不大，必須彎腰才能入內。金庫中空空如也，只能看見紙張被火燒剩的灰燼。趙世俊見到那一堆灰燼，忍不住跪倒在地。

「不、不會吧……」

「你苦苦尋找的《失落的珍珠》已經在昨天化為灰燼了。」

「你這瘋子，知道這本書有多珍貴嗎？」

「你珍惜這本書更勝自己的命，我怎麼會不知道？獵人。」

憤怒的趙世俊瞪著在櫃檯看著自己的柳名優。

「居然把書燒了，你怎麼能做這種事？」

「對我來說，那本書不過是引你上鉤的餌罷了。」

「我還以為你不知道我是誰。」

趙世俊不可置信地瞪著柳名優，柳名優嗤笑了一聲。

「我承認你很聰明，我完全沒想到你會偽裝成影片創作者這麼招搖的職業。你的外表也確實變了不少，我一開始根本認不出來，但習慣是不會騙人的。」

柳名優的頭向旁歪了一下，趙世俊才驚覺是這個習慣性的小動作害了自己。

「真沒想到你竟然會記住我這個習慣。」

「我從你身上發現很多線索，但這個動作是最決定性的關鍵。我本來以為你會直接來搶書，沒想到你竟然會假裝說要幫忙。」

趙世俊轉身看著在櫃檯邊的柳名優，習慣性歪了歪頭。

「這段時間你很用心陪我演這場戲，現在換我當獵人了。」

趙世俊雙手抱胸，無論是動作還是神情，都能看出此刻的他坐立難安。

「我看到你在電視上說的那些，就立刻發現這是你為我設的陷阱。」

「沒錯，我也知道你會立刻察覺這是陷阱，所以我很好奇你會以什麼面貌現身。沒想到你居然選擇當個影片創作者……」

「這就是我用來偽裝自己的職業。」

「確實，以影片創作者當幌子，就能藉著拍片四處勘查，並避免人們對你起疑心。」

趙世俊用手指輕點了幾下自己的腦袋。

「在這方面我可是下了不少工夫呢，不想吃牢飯，就只能多用點腦袋了。」

「確實，在這點上我不得不佩服你。」

「不是只有你為了我們的會面做準備。我也想過要用什麼模樣出現在你面前，最後決定選擇跟獵人形象差距最大的身分。」

「毫不掩飾地告訴我你知道十五年前那起事件，意圖用這種方式贏取我的信任，並嘗試成為我的朋友，真是非常有創意的做法。」

「很不錯吧？」

「還有，把所有的罪名推給金成坤這點，也是相當傑出的一手。」

趙世俊不置可否地聳了聳肩。

「他本來也就不是什麼無辜的人，而且我們狩獵的動線重疊，我本來就覺得很煩，剛好趁這機會處理掉他。」趙世俊淡淡答道。

「你還提前帶了書跟證據過去，趁著警方出動之前布置了一番吧？」柳名優似乎對細節很感興趣。

「當然。不過他做事的風格跟我不太一樣，確實也讓我費了不少功夫。」

「你的計畫還真是縝密啊。」

「不懂得用腦袋，怎麼能當個成功的獵人？像金成坤這種蠢蛋，以為只要會用刀、敢殺人就能解決所有問題，結果呢？還不是死在我手裡。」

「所以他根本不是意外死，而是你故意殺死他的？」

「當然。要是讓那傢伙活著，他多嘴說些什麼，反而是給我找麻煩。我就趁著從二樓掉下去的時候，把刀子往他脖子插了進去，剩下的只需要交給下墜的重力來解決。」

趙世俊模仿柳名優的表情微笑著說。

「仔細想想，我們可真像。」

「千萬別這麼說，我跟你可差遠了。」

趙世俊伸出手指搖了搖，並不贊同柳名優的想法。

「不，我們很像，不然怎麼會十五年來都沒忘記過彼此？」

柳名優想了一想，隨後才點了點頭答道：

「確實，十五年來我一直記得你，不過你可別故意扭曲成是因為我們很像，我可從來不曾為了滿足自己而殺人。」

「你只是沒有殺人的勇氣罷了，不是嗎？」

見柳名優沒有回答，趙世俊向前走了一步，不疾不徐地問道：

「你不打算把我交給警察吧？」

「沒錯，我不打算送你去吃牢飯，你沒那個資格在牢裡舒適過完下半生。」

「太好了，我也不打算去坐牢，至少在這點上我們意見一致。」

趙世俊露出陰險的笑容，掏出暗藏在褲子內袋的刀子。

「雖然鐵鎚才是我最喜歡的工具，壞就壞在攜帶實在不夠方便。」

見趙世俊往自己走來，柳名優立即拿起遙控器。

「十五年來，我一直在思考該如何與你對抗。」

他按下按鍵，店內如高牆般聳立的書架立即緩緩移動到柳名優面前，將兩人隔絕開來。

「你這是要做什麼？」

「這就是我戰鬥的方式。」

柳名優露出一抹微笑，隨即按下櫃檯下方的紅色按鈕，設置在櫃檯內的隱藏電梯緩慢下降，趙世俊立即推開書架往櫃檯衝了過去。

「媽的！別想跑！」

趙世俊站在櫃檯邊，看著下方的空間大喊：

「你是在跟我開玩笑嗎？」

接著便聽見柳名優的聲音自下方傳來。

「才不是呢，我只是特別為你規畫了一座遊樂園，這可是我耗費十五年心血的精心預備，希望你好好享受。」

「你以為這樣就能躲過我嗎？你以為輪椅的移動速度能快過我？這可是天大的笑話了！」

趙世俊從後面的口袋掏出菸盒大小的通訊妨礙裝置晃了晃。

「你在下面也無法用手機求救。」

「我說過，我不打算報警，只有你逃出這裡我才會報警。」

說完，柳名優便操控著輪椅離去。趙世俊見狀，趕緊用嘴咬住刀子，並探頭往下查看狀況，沒想到卻失去重心摔下去。他整個人摔在地板上，發出悶悶的碰撞聲。他很快起身，並拿下咬在嘴裡的刀，四處張望一下。現在是晚上，他又身處地下室，除了頭頂上的幾盞照明之外，四周一片漆黑。他注意到周圍有不少磚牆，整個空間被隔得像座迷宮。

「這還挺刺激的嘛。」他握緊手上的刀，喃喃自語。

遊樂園

狩獵的首要原則是沉著，獵物通常會拚命逃跑，只要稍有一點閃失便可能讓獵物溜走。若狩獵的目標是人，逃跑後還有可能會去報警，所以更要格外小心。當獵物藏匿不見蹤影，最重要的是必須要盡快掌握狀況。

「在地底做了個迷宮，是吧？」

獵人用空出來的手敲著牆壁與地板，從敲打時發出的聲響判斷，地面鋪了水泥，四周是以紅色磚頭堆成直達天花板的牆壁，幾乎沒有翻牆的可能。雖然他在心中叮囑自己沉著以對，卻仍忍不住激動大喊：

「你以為用這種東西就能阻止我？」

可惜的是沒有任何回應。雖然早就猜到這書店是引自己現身的餌，但實在作夢也沒想到，柳名優竟會在書店地下室弄了這樣一座迷宮。獵人安撫自己，只要悄悄在這裡處理掉柳名優就好。

「混帳東西，早知道就晚點再叫你讓我看那本書。」

其實在接下委託開始調查吳亨紀後，獵人便計畫等兩人之間累積了一定的交情，就向柳名優提議讓自己看看《失落的珍珠》。金成坤的事情結束之後，他本想再過一段時間才提出要求，但一想到書就藏在書店的某處，不免就焦急了起來。回想到這裡，他才發現這其實是柳名優設下的第二個陷阱。

「他知道我遲早會提出看書的要求，所以才故意把書燒了來激怒我。」

發現柳名優確實做足了準備，獵人忍不住加快腳步。他才剛繞過眼前一個九十度的轉角，突然，踩在前頭的那隻腳傳來一陣疼痛。

「呃啊！」

他趕緊將腳抽回並往地上一看，才發現地上密密麻麻鋪滿了釘子。

「該死！」

從釘子牢牢固定在地上看來，這應該是當初鋪上水泥時就刻意布下的陷阱。釘子穿透運動鞋底、刺穿了腳掌，整隻腳頓時血流不止。正當他無力地靠在牆邊等待疼痛平息時，突然聽見柳名優的聲音自喇叭傳來。

「怎麼樣？是不是不知所措呢？想放棄就說一聲，那我就會去報警，這樣你至少還能活命。」

「混帳東西！我絕對要宰了你！」

他咬牙切齒地說。憤怒加上受傷，讓獵人開始感到頭痛。他從褲子後面的口袋掏出手帕，裹住血流如注的左腳。

「竟想用這種方式折磨我，太卑鄙了。」

「你可沒有資格說這種話。你說自己是獵人，好像多勇敢似的，但實際上你不過只是專挑弱小目標下手的懦夫。你可能以為自己是獅子老虎這類猛獸，但在我眼裡，你不過只是專啃屍體的卑劣鬣狗。」

聽完柳名優這一番挑釁言語，獵人氣得牙癢癢。他決定拚死也要走出這迷宮，親手堵上柳名優的那張嘴。獵人觀察了一下地面，確定沒有其他陷阱後，便小心翼翼地往聲音傳來的方向走去。沒走多久，他又看見地面上設置了滿滿的釘子。他不屑地冷笑一聲，繞過滿布釘子的區域。正當他心想這陷阱輕易就能突破時，一個微弱聲響傳來，有東西劃破黑暗朝他飛過去。察覺異狀的他嘗試低頭閃躲，卻還是晚了一步。他感覺顴骨被某樣東西重擊，隨後失去重心坐倒在地。

「呃！」

獵人強忍疼痛定睛一看，才發現自己的大腿勾到了一條線，一旁則是方才精準擊中他臉部的一根木棍。柳名優似乎是將線藏在牆邊，只要有人不小心勾到線，與線連接的彈簧裝置便會啟動陷阱，讓木棍朝人飛去。

「可惡，原來是勾到這條該死的線，木棍才會飛出來。」

他用手摸了摸顴骨，剛才那一擊讓臉腫了起來。

「剛才是釘子，這次是棍子，接下來還有什麼花招？」

接連中了兩個陷阱雖令他感到不快，但也忍不住暗讚柳名優確實動了點腦袋。先布置釘子讓他只顧注意地板，然後再設計攻擊頭部的陷阱，的確是個聲東擊西的好策略，但他也同時升起了疑惑。

「何不乾脆把木棍換成鐵鎚？不就能一擊致命。」

或許柳名優就是要以這種方式，來凸顯他不是獵人那種隨便就想致人於死的貨色。意識到以木棍代替鐵鎚是柳名優對自己的嘲弄，獵人內心的疑惑瞬間轉成憤怒。他奮力撐起身子，拖著受傷的腳，半邊身體貼靠著牆，小心翼翼朝迷宮盡頭走去。突然，一陣重節奏的爵士樂聲傳來，他停下腳步，冷笑了兩聲。

「好啊，這是在宣告你要開始獵捕我，是吧？你真是比我想的還要大膽呢。」

獵人將手上的刀握得更緊，看了看四周情況才重新出發。浮腫的顴骨讓他一邊的眼睛看不太清楚，但他知道自己不能停在這裡。只是光線太過昏暗，再加上四周都是高聳的牆壁，讓他實在無法辨明方向。

「可惡，應該是往前吧……」

連續遭遇多個意外狀況，身上有傷又陷入不知該往何處前進的窘境，讓獵人萌生了在父親死後久違的恐懼感。

「真不該立刻跟上來，太輕率了。」

在震耳欲聾的爵士樂聲中，獵人越來越焦躁，他一心只想趕快逮到那傢伙，永遠堵上他的嘴。

「剩下的事就之後再想。」

獵人瞪大了眼，一步步小心前進。他開始能看見地面密密麻麻的釘子，以及細到肉眼難以辨別的絲線陷阱。遇到釘子就繞開，看見絲線則是躲在安全的地方將線切斷，等陷阱啟動後再繼續前進。一路上他還不忘用刀子在牆上做記號，標記走過的路。他靠著這些方法接連躲過了幾次陷阱，也慢慢恢復了冷靜，有力氣對著空無一人的空間大喊：

「你以為用這種東西就能阻止我嗎？」

他很快聽見回答。

「當然不是。而且我也不只準備了這些。」

這段自喇叭傳來的話才一說完，獵人腳下所踩的地面便往兩旁打開來，讓他失去立足點，瞬間掉了下去。

「怎麼回事？」

這個洞的深度約到他的膝蓋高，下頭擺了一個捕捉野獸用的捕獸夾。來不及避開的他一腳踩了進去，哐啷一聲，捕獸夾緊緊咬住他的腳踝。

「呃啊！」

一陣難以言喻的痛楚湧現，稍早一腳踩到釘子上的疼痛根本無法比擬。聽見獵人因疼痛而驚叫出聲，柳名優再度透過喇叭跟他說話。

「痛嗎？很痛吧？只要你求饒，我說不定能饒你一命。」

「你作夢！」

獵人不停深呼吸，嘗試平息痛楚。他利用手上的刀子，緩緩將捕獸夾撬開，但就在捕獸夾漸漸鬆開的同時，他所感受到的疼痛卻瞬間加倍。即便痛得生不如死，他仍不肯向柳名優示弱。他用幾乎要把牙齒咬斷的力氣，硬是忍著沒有哀號出聲。好不容易脫離捕獸夾之後，獵人靠著牆邊坐下稍事休息，查看一下傷口。只見腳踝與小腿之間被捕獸夾弄出的傷口不斷湧出大量鮮血，那股疼痛令他幾乎無力思考該如何緊急處置傷口。

「該死的王八蛋！」

他只知道自己不能在這坐以待斃，待疼痛稍稍平息後，便扶著牆壁起身。

「無論如何我都得前進，這樣我才能逮到他，結束這場狩獵。」

即便柳名優建造了這座迷宮，並在裡頭設置大量陷阱，但這裡終究只是個地下室，肯定沒多大，他相信自己很快就會走到盡頭。獵人決定更加小心查看陷阱，並以背靠著牆壁的方式移動，避免再度踩到捕獸夾陷阱。他每走一步路便停下來觀望四周的情況，不光是腳下與頭頂上，各個可能有陷阱的角落他都不放過。沒過多久，他就在一個轉角處發現一處不尋常的突起。

「是認定我會貼牆移動，才故意把機關設在這的吧。」

他壓低身子，並用刀尖壓了一下那個突起的裝置，只見他正前方的那面牆立刻啪滋作響並濺起零星火花。

「什……什麼東西？」

獵人壓低身子靠近一看，才發現那面牆上裝有不少小小的突起物，似乎是能通電的裝置。若沒特別注意到這個機關就直接走過去，他現在肯定已經被電死。從電流量還能碰撞出零星火花來看，要是整個人撞上去絕對會被電到心臟麻痺。

躲過一劫的獵人喘了口氣，這時又聽見柳名優的聲音在耳邊響起。

「以往都是你狩獵別人，現在換你被人狩獵，感覺如何？」

「感覺還不錯。」

「我還準備了很多喔，好好期待吧。」

刺耳的爵士樂夾雜著柳名優的笑聲，讓獵人又一次激動了起來。

「等我找到你，絕對要把你的嘴給撕爛！」

獵人努力撐起身子，突然一陣暈眩令他重新跌坐在地。他知道這是嚴重失血的現象，隨即明白自己沒剩多少時間。一開始被刺穿的腳掌已經用手帕包了起來，多少減少了出血量。但後來被捕獸夾傷到的右腳腳踝沒有處理，仍不斷流著血，已經將整條褲管都染紅了。可能是因為大量失血的關係，獵人感覺自己的心跳加速。過去只有在發現獵物，或是入手珍貴古書時才有過這種心跳加速的悸動。想到這裡，他忍不住笑了出來。

「是啊，這種經驗也挺不賴的嘛。」

獵人微彎著腰，決定接下來只要遇到岔路，都只固定往同一個方向前進，這樣一來肯定能走到地下室真正的牆邊。沒過多久，他又看見那些能牽動陷阱的絲線。他停下腳步，先是確認前方的地板處沒有陷阱，隨後才趴下來靠近牆邊的絲線，並用刀子將線給割斷。線才剛斷就聽見唰一聲，一條火柱從上而下噴了出來。

「真是驚險，差點臉就要被燒爛了。」

再度成功躲過陷阱，讓獵人稍稍鬆了口氣，心想接下來只要繼續小心即可。他亦步亦趨地前進，最後終於來到他認為是地下室牆角的位置。他靠著微弱的燈光檢視牆面，卻完全沒找到任何可能是門的區塊，他決定繼續沿著這面牆前進，這樣或許就能接到下一面牆。接下來又遇到了幾個陷阱，但上過多次當的他已能輕易避開。腳踝的疼痛逐漸平息，獵人又燃起了希望。

「這不過是小孩子的把戲，是我太大驚小怪了。」

但就在他這麼想的瞬間，腳下傳來喀噠一聲，意識到自己踩中機關啟動陷阱後，他立刻整個人蹲下縮成一團。但就在這時，藏在天花板上的某樣東西掉了下來，罩住他整個人。

「啊啊！」

驚慌的獵人雙手護著頭不斷掙扎，隨後才發現罩住自己的是張鐵絲網。

「什麼東西啊！」

他越是掙扎，鐵絲網在他身上割出的傷口就越多。鐵絲網四角綁著沉重的秤，讓他無法輕易掀開。

「媽的！」

獵人好不容易才冷靜下來停止掙扎，並小心翼翼地用手將罩在自己身上的鐵絲網拿開。只是無論動作怎麼小心，仍無法避免背部與肩膀被鐵絲割傷。他靠著牆等待痛楚平息，傷口仍不斷湧出鮮血。他不知該如何形容這種只要短暫鬆懈，便會立刻被陷阱攻擊的痛苦與打擊，他感到無比煩燥，不耐地用手背擦去額頭流下的血，低聲與自己對話。

「我要怎麼殺了他才好？」

他嘗試想像要帶給柳名優何種痛苦以洩心頭之恨，並藉著這些想像忘掉此刻肉體感受到的疼痛。鮮血自額頭的傷口流入他眼裡，他幾乎無法看清前方，這也使他走到一半再度誤觸機關，一根比剛才大上許多的木棍隨即往他身上招呼過來，他卻完全無力閃躲。

「唔嗯！」

下腹撕裂般的疼痛令獵人暈頭轉向，失去重心的他一手撐著牆壁，隨即又摸到類似刀刃的尖銳突起。雖然趕緊將手收回，但仍難逃手掌被割傷的命運。鮮血不斷自手掌那道歪斜的口子湧出，獵人咬牙強忍痛苦。

「準備得還真是充分。」

獵人心想。這意外的迷宮與陷阱令他遍體鱗傷，他強忍著全身痛楚，一步一步前進。現在他甚至不去想要用什麼方法折磨柳名優、逃出去後要如何躲過警察的追捕，只是全心全意想著要活著離開這裡，還有之後絕對要宰了柳名優洩憤。他彎著腰，扶著牆壁緩慢前進，看見柳名優終於出現在眼前時，他還有些不敢置信。

「終於見到你了。」他又習慣性地歪了歪頭。

「你喜歡我的遊樂園嗎？」

「你準備得還真是徹底。」

獵人慢慢挺起腰桿站直，觀察了一下眼前的環境。左右兩邊是磚牆，眼前則是一條筆直的路，能讓他直接走到柳名優面前。經過前面那番折騰，他非常仔細地想看出路上是否設有陷阱，不過並沒看出什麼異狀。見他這副慘狀，柳名優顯得心滿意足。

「這迷宮確實花了我不少金錢跟時間。其實最一開始，我滿腦子想的都只有該怎麼找到你。後來我才開始想，找到你之後該怎麼處理你。因為我不想讓你死得太簡單，至少要讓你感受到我十分之一的痛苦。」

「你以為這樣就能讓我屈服？」

「是嗎？要不要看看你現在的樣子？你就像被逼入絕境，命在旦夕的野獸。渾身傷痕累累、疼痛難耐的感覺如何？」

「這對我來說根本就不算什麼。」

「那真是太好了。」

「什麼？」

「我原本打算，你要是說你很痛苦，希望我能住手，那我願意在這裡結束你的痛苦。」

獵人邊與柳名優對話，邊查看走道的狀況。他確認走道並沒有任何異樣，柳名優後方則有一扇看似通往室外的門，可能是他為了離開此處而預留的出口。他決定繼續跟柳名優說話再伺機而動。

「我這輩子都活在痛苦中，這點程度的痛根本不算什麼。」獵人說。

「你活在痛苦中？不是你讓他人活在痛苦中嗎？」

「我理應享有的、理應擁有的東西被他人奪走，這還不夠痛苦嗎？」

獵人這句話講得情真意摯，令柳名優嘖嘖稱奇。

「難道你以為世界是圍繞著你打轉嗎？」

「你說什麼？」

「在這世界上，每個人都有可能承受失去重要事物的痛苦，只是人們不會像你一樣蒙受一點損失就殺人，因為……」

「因為什麼？」獵人追問，同時向前跨了一步。

「因為一般人大多都有同理心，也知道人生在世必然有失有得，這就是一般人跟你的不同之處。」

柳名優專注於闡述自己的想法，似乎沒注意到獵人正朝著他靠近。

「那是因為他們太軟弱。自己的東西被搶走，也一聲不吭，都是些傻瓜才會做的事。屬於我的東西就是我的，憑什麼要讓給別人？」

「人生可不是只有搶奪與被搶奪，還有很多其他更有價值的事。」

柳名優說到有些哽咽，獵人雙眼緊盯著他，並將刀子反握，再把握著刀子的手藏在身後。他靠著牆壁，一點一點不著痕跡地向前進。

「你是不是很好奇你老婆跟女兒死前說了什麼？」

這一句話令柳名優瞪大了眼，獵人看著忍不住笑了出來，露出沾滿鮮血的牙齒。

「你老婆很恨你，死前還一直咒罵說就要你別多管閒事，你卻怎麼也不聽。女兒則是看媽媽死在眼前，卻絲毫沒有要幫忙或逃跑的意思，就傻坐在後座哭個不停，那哭聲聽起來就像豬叫。」

柳名優咬著牙，一臉痛苦。獵人見對方被自己激怒，內心很是愉快。

「你知道你老婆死時是怎麼罵你的嗎？」

「少騙人了，我太太不是那種人。」

「哎呀，真是可惜，你不想聽她的遺言啊？」

現在兩人之間的距離已經縮短到一定的程度，獵人心想只要把刀丟出去，把柳名優嚇得措手不及，自己再一口氣衝上去壓制他即可，一個半身不遂的傢伙，肯定也無法反抗。他以迅雷不及掩耳的速度舉起手，將手中的刀子扔了出去，隨後擠出最後一絲力氣衝出去。他完全沒想到飛出去的刀子，在中途被看不見的牆給彈了開來。這讓獵人嚇了一跳，但他也來不及停下，身子直直撞上那道隱形牆，整個人被撞得癱坐在地。

「好痛。」

獵人因過度強力的撞擊而流了鼻血，他伸手向前摸，才發現竟有一道玻璃牆擋在前頭。柳名優咂了咂嘴說：

「痛吧？這可是水族館專用玻璃，非常堅固，還透明到幾乎看不見。」

獵人虛弱地苦笑，一手搭上眼前透明的玻璃牆，手上的血在玻璃上留下一個鮮紅手印。確實如柳名優所說，那玻璃有十足的厚度，難以用拳頭或刀子破壞。就在這時，獵人後方也降下另一道玻璃牆，令他進退不得，再加上左右兩邊磚牆，他這下是徹底困在這個小小空間之中了。這時獵人才明白柳名優之所以敢冒險現身，是因為即便自己想盡辦法拉近兩人距離，也無法動對方分毫。

「你竟然以自己為餌來引誘我！」

「不這麼做怎麼讓你上鉤呢？」

「你等這一刻等很久了吧？」

獵人語帶譏諷，但柳名優並沒有被激怒，只是聳聳肩，並抬頭往上看。

「現在還不是我最期待的時刻。」

獵人也順著柳名優的視線向上看去。

「那是什麼東西？」

只見頭頂上有一個高級飯店淋浴間常見的大蓮蓬頭，不知名的液體從中灑落，滴到獵人肩上。他隨即聞到肉燒焦的味道，接著是難以忍受的驚人疼痛襲來。這時獵人吃驚地抬起頭。

「這不是水？」

「是鹽酸，可以把你整個人融得乾乾淨淨。」

「你說什麼？」

「不過我調的濃度不高就是了。畢竟濃度要是太高，會連玻璃和地板一起融掉，而我只想融掉你這個人。」

獵人大吃一驚，開始試圖躲避從蓮蓬頭滴落的鹽酸，只是侷限在那樣一個小小的空間內，他怎麼躲也沒有用。滴落的鹽酸逐漸增加，他的衣服不斷被燒穿，身上也出現許多鹽酸造成的傷口。此生前所未有的痛苦，讓獵人完全不知所措。

他絕望地抬頭看著不停滴落鹽酸的蓮蓬頭，耳中聽到柳名優繼續說著。

「現在你能理解被你殺死的人是什麼心情了嗎？在死之前，給我好好記住這件事。」

「媽的，我不想死在這！快報警！我願意自首！」

獵人不斷敲著玻璃牆求饒，見柳名優毫無表情、毫無反應，他更加激動。

「我不想死在這裡！」

「你不會死。」

「什麼意思？」

「你只會被人遺忘，看見下方的排水口了嗎？」

獵人往下看，只見下方有幾個圓形的排水孔。

「剛、剛才還沒有的啊。」

「當然沒有，我設計成等玻璃牆降下之後才會打開排水口，而你會被鹽酸融解，再從那裡流走。」

「這是不可能的！」

「為了以防萬一沒能融解乾淨，我可是準備了兩噸左右的鹽酸。不過滴出來的濃度不高，所以確實要花一點時間，但到明天早上你應該就會屍骨無存了。」

這番駭人言論令獵人渾身顫抖，但絕望甚至蓋過了恐懼與痛苦的感受。柳名優這時才推著輪椅來到他面前，一手放在玻璃牆上。

「我還為你準備了其他的禮物喔。」

柳名優將手伸到輪椅下方，掏出一本書拿到獵人眼前。

「《失落的珍珠》！」

「剛才金庫裡的灰燼是其他的書，畢竟你也有可能不是獵人，所以我還留了一手，只是沒想到你一看到灰燼就立刻有了反應。」

柳名優晃了晃手上的書，接著說道：

「你不就是為了這個才來找我的嗎？」

獵人伸出他血肉模糊的手想摸摸那本書，卻被眼前厚實的玻璃牆擋了下來，但光是能看到那本書在自己眼前，就令他感到幸福。

「那是我的，是屬於我的！」他聲嘶力竭地喊著。

柳名優將輪椅向後推，一把將書扔在地上，接著從懷中掏出打火機，獵人發狂似的大喊：

「你要做什麼！」

「這是我最後的禮物，讓你下地獄時能帶著這本書一起走。」

柳名優無情地說完，便將打火機朝地上的書扔去。他事先將書沾滿了油，打火機才剛碰到，整本書便立即燃燒起來。

「不行！快滅火！快點滅火啊！」

獵人眼睜睜地看著心愛的書在眼前燒成灰燼，除了痛哭之外，他束手無策。見獵人如此痛苦，柳名優冷靜地說：

「希望你帶著這本書到地獄的最底層，絕對不要再回到人間。」

獵人抽噎著，轉身無力地仰躺在地，看著頭頂上的花灑。稍後，隨著大量鹽酸灑落，獵人逐漸被融解，流入排水口，這時柳名優吟起金素月那首收錄在《失落的珍珠》中的〈結縷草〉：

草地，草地，結縷草地。

深山老林的那片紅火，

是已故之人墳上的結縷草。
春天來了。春光來了。
在柳樹梢，在柳枝條。
春光來了。春天來了。
在深山老林的結縷草。

結束與開始

鈴鐺聲響起，書店的門跟著被推開，兩名戴同款太陽眼鏡的男子走入店內，柳名優正在向一對情侶介紹書籍。

「不好意思，我先介紹到這裡，請兩位慢慢參觀。」

他推著輪椅來到兩名男子面前，兩人拿下墨鏡，其中一人叫姜民奎，與柳名優是舊識，另一人則是沒見過的新面孔。

「旁邊這位是您的同事嗎？」

姜民奎使了下眼色，另一名男子隨即走上前去向柳名優伸手。

「很高興見到您，我是統一徵信社的吳在民。」

「這次的事他幫了很多忙。」

「原來如此，真是辛苦兩位了。」

「這是個有趣的工作。」

聽吳在民這麼一說，柳名優點了點頭。一旁的姜民奎瞥了一眼店內那對正在參觀聊天的情侶。

「警察那邊沒有動作。」

「您確定處理好了吧？」

「我故意留下一些痕跡，讓警方以為他回家後便銷聲匿跡了，警方現在認定他已經逃亡。話說回來，費用要怎麼辦呢？就我所知，這次您應該花了不少錢吧？警察要是調查起錢的流向，您要怎麼解釋？」

「我會跟警方說我碰上電話詐騙了。」

「警方會信嗎？」

「只要說我以前是個教授，生活中就只有教學和上電視，不知道外面世界竟然如此險惡，他們應該就不會多說什麼了。詐騙電話的發話來源是中國，我匯款也是匯往那邊，這些我都處理好了，他們絕對不會發現。」柳名優露出意味不明的苦笑。

那名自稱是獵人的殺人魔，已經在地下室被鹽酸融得屍骨無存，隨排水孔流入大海了。

「沒有屍體，就無法證明有殺人案，這是獵人的模式，我只是用同樣手法回敬他。警察不可能找到他的，最後只能以失蹤處理。」

「真是自作自受啊。」姜民奎說。

柳名優點點頭，接著說：

「明明他自己就是獵人，卻又拚了命幫我找獵人，我還真是不懂。」

「想必他是要藉此拉近與您的距離，趁機讓您卸下心防，博取您的信任。」

「然後再伺機把那本他認定屬於他的書給拿回去。」

「說不定他是雙重人格者，同時擁有獵人與趙世俊兩個人格呢。」

「是因為這樣，他才會這麼認真投入尋找獵人的工作嗎？」柳名優問。

姜民奎看了看一旁的同事，答道：

「很多時候，我們無法對罪犯的心理做出明確的解釋。我跟他一起解決的案件當中，也曾遇過有人表示犯人熱情又誠懇，不像會犯下重大罪行的樣子。我還在當憲兵時，也曾遇過令我大受打擊的案件……」

回想起過去那起案件，似乎讓姜民奎的情緒受到影響，他停下來等待情緒平復。

「調查到最後發現，當時的其中一名受害者，也就是給出最關鍵證詞的人，竟然就是幕後主使者。雖然他是幕後主使，但他也深信自己是受害人。所以我想趙世俊在尋找獵人的過程中，的確深深相信自己正處在隨時可能送命的危險之中，但這與他是獵人的身分並不衝突。」

「其實我一直以為他絕對不可能放棄獵人這個身分，看來是我想錯了。」

「他可能是刻意這麼做的。」

「你的意思是說，他想把獵人這個身分栽贓給其他人，順道幫自己擺脫嫌疑？」

姜民奎點點頭。

「不知道他是想過全新的人生，還是想騙你跟警方不再繼續追查他，日後等你鬆懈了再趁機下手。他一開始想嫁禍給吳亨紀，後來發現吳亨紀只是個沉迷邪教的傻子，於是又轉以金成坤為目標。」

聽完姜民奎的說明，柳名優問：

「趙世俊，不，獵人這些年來真的有殺人嗎？」

「他的藏身處有一個隱密的房間，裡頭有能限制人行動的鐵鍊，還有一張不能移動的椅子，想必是用來防止被害人逃跑的裝置。雖然沒在裡頭找到屍體，但利用魯米諾發光檢測倒是出現不少血液反應。」

「那裡的血液反應真是比夜空中的星星還要多啊。真不知道究竟要殺多少人，才有辦法達到這個程度。我們能確定，過去十五年來他都沒有停止犯案。」

吳在民接著說。

「難怪趙世俊想把獵人這身分嫁禍給別人。」

柳名優說完，吳在民隨即補充：

「他讓警方以為同是連續殺人犯的金成坤就是獵人，然後藉機為自己開脫，這樣一來他就能躲避警方追捕繼續犯案，這就是他自認的完美劇本。」

「其實對一個普通人來說，就算是不小心失手殺人，也是個難以輕易平復的打擊。但金成坤身亡之後，趙世俊的情緒實在是太平靜了，光從這點看就很可疑。」姜民奎點頭道。

「他認定自己的計畫能天衣無縫地騙過我們，所以才會毫不猶豫且沒有任何防備地來到我的遊樂園。沒想到一切發展都如兩位事前預測的一樣，兩位真是厲害。」

兩人露出淺淺的微笑回應柳名優的稱讚。

「不過，您今天找我們來有什麼事嗎？」姜民奎問。

「其實是為了吳亨紀和金曉。依照原定計畫，吳亨紀應該要接受警方調查，但現在原告趙世俊消失了……」

「您擔心調查會不了了之嗎？」

「是啊。雖然他並不是獵人，但吳亨紀確實也很有問題。我想，讓他跟孩子分開會比較好。」

「我會引導警察往家暴方向調查。近來社會對這議題很敏感，想必警方很快會有所動作。金曉那邊有什麼問題呢？」姜民奎問。

「趙世俊曾偷拍他位在半地下室的租屋處，發現他一直在跟蹤我。其實我是不在意，不過照片也拍到了他螢幕上的東西。」

柳名優拿出手機，找出趙世俊拍的照片拿給兩人看。兩人歪著頭仔細端詳照片，姜民奎突然低聲驚嘆。

「真是個瘋子。」

「他似乎沉迷於暗網，這的確需要好好處理。」

「看來他對女童有病態的偏好。我認識一些駭客，他們以『魔女的葬儀社』自居，很擅長處理這類的問題。只要有金曉的硬碟當證據，肯定能送他吃好長一段時間的牢飯。」

「趙世俊當初似乎也有意誤導我相信金曉就是獵人，從當時的證據看來，金曉也確實最可疑。只是趙世俊最後發現金成坤跟自己更為相似，所以才變更了計畫吧。」

「這世界瘋子還真多呢。」姜民奎忍不住皺起眉頭。

「這兩件事都麻煩兩位私下處理。另外，今天請兩位來的真正原因是那對情侶。」

兩人沒有看向正在參觀書店的情侶，而是不解地看著柳名優。

「他們之前就曾經來過，我發現女方似乎正遭受男方的約會暴力。」

「我剛才觀察了他們一下，感覺很正常啊。」

「你們不覺得女生的眼妝很誇張嗎？只要近看就會發現，她的眼睛似乎有瘀青，誇張的眼妝就是為了遮掩瘀青。而且只要男生開口，女生就會像驚弓之鳥一樣害怕，然後露出驚慌失措的表情。」

「您叫我們來，是希望我們出面處理這個問題嗎？」

柳名優微微探頭，盯著那對站在書架旁的情侶看了一會兒，隨後點點頭。

「沒錯，我覺得我應該做點什麼，所以才聯絡兩位。」

「我們會先觀察幾天，掌握確切證據之後再行動。」

「調查費用我很快就會付給你們。」

「您這樣大手筆，會不會太勉強自己了？最近很多人都說書店經營不易耶。」

「我開這間書店的目的不是賺錢，而是記憶。」

柳名優伸出手指輕點了自己的頭幾下，然後看著那對情侶說：

「這間店是要記住那些受到創傷、感到痛苦的人們。」

「我知道了。對我們來說工作當然是多多益善，錢的事情我就不替您擔心了。」吳在民答道，臉上的笑容略帶沉重。

「他跟你一樣以前也是憲兵出身嗎？」

柳名優突然對吳在民感到好奇。姜民奎看了吳在民一眼，沒有立刻回答。吳在民則挺起胸膛自豪地說：

「我以前是軍人，隸屬護衛司令部護衛總局反貪科。」

吳在民竟連自己的所屬單位都報上，讓柳名優驚訝地笑了出來，姜民奎與吳在民也跟著笑了。這一陣笑聲，引得那對情侶忍不住轉頭看著三人。

作者的話

某天我突然在數自己究竟寫了幾本書，發現包括曾經參與過的一本書在內，我已經寫了超過一百三十本。除了紙本書，我也從事網路小說創作、參與網路漫畫劇情發想，也參與影視作品的劇本或企畫工作。創作出來的故事多到自己都數不清，不過我個人最鍾情的仍然是推理小說。

推理小說可以說是我的創作之始。我讀推理小說長大，在偶然機會下開始創作時，我也毫不猶豫地決定自己要以推理小說為主要創作內容。其實我的第一本小說就是融合歷史與推理的小說。

《記憶書店》是我為了找回自己的創作認同而經過長時間籌備的作品。

一般人經常認為書與殺人犯沒有太大的關聯性，但其實就我所知，外國曾經有過熱愛收藏古書的連續殺人犯。當我得知這個案件，我便打算將這兩者串聯起來進行創作。隨後又看到社會學者盧明愚教授開設「尼恩書店」的消息，整個故事便在我腦海中逐漸成形。不過「尼恩書店」的地下室，並沒有像小說中描述的這種空間，各位可以放心前去。

我一直認為對於親友遭到殺害的家屬們，最感傷痛的是必須在沒有做足準備的狀態下迎接離別。無法保護所愛之人的罪惡感與沉重的記憶，會壓在家屬的心頭令他們喘不過氣。記憶書店的主人柳名優[1]，便是嘗試以自己的方式傾訴那段痛苦的回憶。我們身邊其實也有不少像他這樣，曾受傷、正在受苦的人。希望《記憶書店》能陪伴他們走過傷痛。

鄭明燮

1 故事主角柳「名優」跟盧「明愚」的韓文發音是一樣的。

Eurasian Publishing Group
圓神出版事業機構
用心與你對話・網野無限寬廣
寂寞出版社
Solo Press
www.booklife.com.tw
reader@mail.eurasian.com.tw

Cool 045

記憶書店：一個預約復仇的空間

作　　者／鄭明燮 정명섭
譯　　者／陳品芳
發 行 人／簡志忠
出 版 者／寂寞出版股份有限公司
地　　址／臺北市南京東路四段50號6樓之1
電　　話／（02）2579-6600・2579-8800・2570-3939
傳　　真／（02）2579-0338・2577-3220・2570-3636
副 社 長／陳秋月
資深主編／李宛蓁
責任編輯／朱玉立
校　　對／李宛蓁・朱玉立
美術編輯／林雅錚
行銷企畫／陳禹伶・鄭曉薇
印務統籌／劉鳳剛・高榮祥
監　　印／高榮祥
排　　版／陳采淇
總 經 銷／叩應有限公司
郵撥帳號／ 18707239
法律顧問／圓神出版事業機構法律顧問　蕭雄淋律師
印　　刷／祥峰印刷廠
2022年12月　初版

定價 390 元　　ISBN 978-626-95938-8-0

新書飄出油墨、裝訂膠水和渴盼的氣味；舊書散發出自身，及其故事裡蘊含的奇險歷程氣味；至於好書，不只吐露出蘊含這一切的香氣，還夾帶一縷魔法幽香。

——《隱頁書城》

國家圖書館出版品預行編目資料

記憶書店：一個預約復仇的空間／鄭明燮 著；陳品芳 譯.
-- 初版. -- 臺北市：寂寞出版社股份有限公司，2022.12
304 面；14.8 × 20.8公分. --（Cool；45）
譯自： 기억 서점 : 살인자를 기다리는 공간
ISBN 978-626-95938-8-0（平裝）

862.57　　111016799